I0556982

www.ingramcontent.com/pod-product-compliance
Lightning Source LLC
Chambersburg PA
CBHW072035170626
46811CB00008B/3091
* 9 7 8 0 4 6 3 0 3 0 8 3 7 *

لغة الصحراء

ثلاث قصص واقعية

إعداد وتحرير: رأفت علام

مكتبة المشرق الإلكترونية

تم جمع وتحرير وبناء هذه النسخة الإلكترونية من المصنف عن طريق مكتبة المشرق الإلكترونية ويحظر استخدامها أو استخدام أجزاء منها بدون إذن كتابي من الناشر.

صدر في مايو 2020 عن مكتبة المشرق الإلكترونية – مصر

Table of Contents

لغة الصحراء

الفصل الأول

الصحراء..
اسم قد يعني الخوف والرهبة..
قد يعني الضياع والعطش والدمار..
أو الموت..
الصحراء التي تمتد أمام ناظرها إلى ما لا نهاية، صفراء في لون الذهب.. ملتهبة كشمس الصيف..
صامتة كالقبر..
هكذا بدا المشهد..
وهنا تبدأ القصة..
صحراء ممتدة إلى ما لا نهاية..
ثم يظهر هو عند الأفق..
الفارس..
فارس بدوي، يمتطي جوادًا من جياد العرب الأصيلة، ويحمل بندقية عريقة، وينطلق عبر الصحراء، قاطعًا صمتها.. ممزقًا سكونها.. مثيرًا رمالها..
وكان يحيط رأسه ونصف وجهه السفلي بلثام بدائي، وكأنما يقي أنفاسه وصدره الرمال، أو يحيط نفسه بهالة غريزية من الغموض، أحاطت بأجداده منذ زمن طويل..
كان عربيًا..
لا يهم من أي بلد كان..
إنه عربي..
عربي فحسب..
وهذا يكفيه..
وفي حزم، جذب هذا البدوي العربي عنان جواده، وصاح به يدعوه إلى التوقف في قلب الصحراء، فاستجاب له الجواد الأصيل، وتباطأ حتى توقف تمامًا، وراح يضرب رمال الصحراء بقوائمه في رفق، في حين مسح راكبه فيضًا من العرق، تسلل من خلف عمامته، ليغرق جبهته، ثم رفع رأسه إلى السماء، يلقي نظرة سريعة على قرص الشمس، الذي توسط كبدها، وغمغم:
- لقد قطعنا شوطًا طويلًا هذه المرة.. فلقد غادرنا الواحة قبيل شروق الشمس.
قالها بصيغة الجمع، وكأنما يعتبر جواده رفيقًا له في رحلته، ثم التقط زمزمية بدائية من الجلد، ونزع سدادتها، ورفعها إلى فمه ليروي ظمأة، ثم هبط عن صهوة جوادة، وملأ يديه بالماء، وأدناهما من فم الجواد، الذي راح يلتقط الماء بلسانه في لهفة، فابستم البدوي ابتسامة مشفقة، أخفاها لثامه، وهو يغمغم:
- ارتو يا رفيقي، فما زال أمامنا طريق طويل، قبل أن نبلغ واحة الأعمام.

ربت على عنق الجواد مشجعًا، وأمسك بطرف سرجه، وهم بالوثب على متنه، عندما تناهي إلى أذنيه ذلك الأزيز..
أزيز الطائرات المتصارعة المتقاتلة..
ورفع البدوي عينيه إلى السماء..
وانعقد حاجباه في ضيق، عندما وقع بصره على ذلك المشهد، الذي تكرر أمامه أكثر من مرة، منذ بدأت تلك الحرب..
الحرب العالمية الثانية..
مشهد قتال الطائرات..
وامتلأت نفسه بالحنق والسخط..
لماذا يتقاتلان فوق أرضه، وفي سمائه؟!..
لماذا يتخذان من وطنه ساحة لمعركتهما؟!..
ألا يكفيهما أن فريقًا منهما يستعمر أرضه ووطنه منذ زمن؟..
ترك غضبه ومقته يتصارعان في أعماقه، وهو يتابع القتال المحتدم بين السحب..
كانت هناك طائرات فضية، وأخرى سوداء داكنة، والفريقان يتحاوران، ويتناوران في مهارة واضحة..
ثم انبعث خيط من الدخان، من ذيل إحدى الطائرات الفضية، وراحت تهوى نحو الصحراء..
وانقبض قلبه..
ستسقط الطائرة في صحرائه...
في مملكته..
تابع سقوط الطائرة ببصره، وقد تحول خيط الدخان في مؤخرتها إلى لسان من اللهب، امتزج بسحابة سوداء، والطائرة تقترب بسرعة كبيرة من الأرض..
ثم انفصل جسم من وسط الطائرة، وارتفع عاليًا، قبل أن يتحول إلى مظلة كبيرة، تحمل مقعدًا، يستقر فوقه جسد بشري..
وارتطمت الطائرة بالرمال في قوة..
وانفجرت..
وفي لهفة، لم يدر لها سببًا، تركز بصر البدوي على المقعد ذي المظلة، الذي يبدو أن صاحبه لم ينجح في إطلاق مظلته في الوقت المناسب، فقد انفتحت المظلة على مسافة قريبة من الأرض، حتى أنها لم تكف لتأمين هبوط آمن، وإن نجحت إلى حد ما في تخفيف صدمة السقوط، ولكن..
ارتطم المقعد وراكبه بالأرض في عنف، وسقطت فوقهما المظلة، وغطتهما تمامًا..
وقبل أن يفكر البدوي، أو يبحث الأمر في ذهنه، وجد نفسه يقفز فوق صهوة جواده، ويهتف:
- هيا.. هيا إلى هناك.
أطاعه الجواد بنفس الحماس واللهفة، فانطلق كالصاروخ، نحو الهدف الذي يقوده إليه فارسه، وراح ينهب الأرض نحو المظلة المستكينة على رمال الصحراء..
ومن بعيد بدا حطام الطائرة المشتعلة، وميز البدوي على جانبها رسمًا لصليب معقوف لم يدر معناه أو مغزاه.. بل لقد تجاهله تمامًا، وهو يندفع نحو المظلة، ولم يكد يبلغها حتى أوقف جواده، ووثب من فوقه، وراح يجذب المظلة في سرعة وإصرار..
ووقع بصره على الرجل الذي يرقد أسفلها، فوق مقعد جلدي وثير..

كان من الواضح أنه أجنبي..
ذلك الشعر الأشقر الذهبي، الذي يلتمع مع أشعة الشمس، ويتألق مع رمال الصحراء، والبشرة الوردية، التي لم يهزم شحوب الموقف شيئًا كثيرًا من توردها..
ثم هذه العيون الزرقاء..
زوج من الأعين الزرقاء يتطلع إليه في شيء من الضراعة يمتزج بخوف غامض، على الرغم من وجود مسدس في غمده، حول وسط الأجنبي، وبالقرب من أصابع يده اليمنى..
ولكن اليد نفسها كانت تدمى في شدة، وتبدو يابسة، خالية من الحياة، ومن أثر السقوط، ويبدو أن هذا هو السبب الوحيد، الذي منع الأجنبي من إطلاق نيران مسدسه على البدوي.
ومضت لحظة من الصمت..
بل لحظات التقت فيها العيون العربية السوداء، بالعيون الزرقاء، قبل أن تنفرج شفتا الأجنبي في صعوبة، ليقول في وهن:
- أنقذني أيها العربي.. أنقذني.
انعقد حاجبا البدوي الكثين، فوق عينيه السوداوين، وهو يقول في شيء من الدهشة:
- هل تتحدث العربية؟
تأوه الأجنبي في ألم، وهو يجيب:
- إنهم يعلموننا بعض العربية، في قيادة الرايخ، لنستفيد بها إذا ما سقطنا في أرض عربية، و...
منعته آهة ألم من إكمال حديثه، فسأله البدوي في صرامة:
- لماذا تتقاتلون في سماء عربية؟
أمسك الأجنبي جرح ذراعه، وهو يقول في مزيج من الألم والضعف:
- لسنا نحن من يحتل أرضك يا رجل.. إنهم هم.. أعدائي وأعداؤك. ساعدني.. ساعدني حتى نطردهم من وطنك.
قال البدوي في حزم:
- لتحتلوه أنتم.. أليس كذلك؟
كان ينتظر جوابًا من الأجنبي، إلا أن عيني هذا الأخير قد اتسعتا في ذعر، وهو يتطلع إلى نقطة بعيدة، خلف ظهر البدوي، الذي استدار بدوره يتطلع إلى النقطة نفسها، فوقع بصره على ثلاث سيارات عسكرية، من نوع (الجيب)، تندفع نحو موقعه، وكل منها تحمل ثلاثة من الجنود، الذين يحتلون أرضه، وسمع الأجنبي الجريح يقول في ارتياع:
- لقد أتوا من أجلي.. إنهم ينشدونني.
ثم تشبث بذراع الفارس، مستطردًا:
- أنقذني أيها العربي.. أنقذني.
استثارت العبارة تلك النخوة في أعماق كل العرب..
استثارت روح الفروسية.. فانعقد حاجباه في حزم وصرامة، وهو يقول للأجنبي:
- اطمئن.. سأحميك.
ثم انتزع خنجرة من نطاقه، وانحنى يمزق به الحزام الجلدي السميك، الذي يربط الأجنبي إلى مقعد، وأعاد الخنجر إلى نطاقه، وحمل الأجنبي؛ ليضعه على ظهر جواده، راقدًا على بطنه، وبعدها انتزع بندقيته من سرج الجواد، وجذب إبرتها في حزم، فهتف به الأجنبي في تهالك وفزع:
- ماذا ستفعل؟

أجابه البدوي في حزم، وهو يتطلع إلى سيارات (الجيب) الثلاث، التي تقترب في سرعة:
- قلت لك اطمئن.. سأحميك.. ولن يظفروا بك أبدًا.
هتف الأجنبي:
- أتظن أنك ستفعل هذا ببندقية واحدة وجواد؟
صاح به البدوي:
- اصمت.
وفي أعماقه ارتفعت رايه طال شوقه لخفقاتها طويلًا..
راية المعركة..

✿✿✿

الفصل الثاني

اتضحت الصورة لعيني البدوي، مع صول سيارات (الجيب) الثلاث..
كان يواجه تسعة من الذين يحتلون أرضه، بوجوهم الحمراء الباردة، وكل ثلاثة منهم داخل سيارة، يجلس فيها ضابط واحد مع جنديين، أحدهما يقود السيارة، والآخر يقف في المقعد الخلفي، أمام مدفع رشاش مثبت بقائمين رأسيين إلى جانب السيارة..
وتوقفت السيارة الثلاث أمام البدوي، وقال ضابط بدين، يحتل المقعد المجاور للسائق، في السيارة الوسطى:
- أحسنت بأسرك هذا الألماني أيها العربي.. إنه عدو لنا.. ولكم بالطبع.. هيا.. أعطنا إياه.. إنه يخصنا.
كانت لحظة المواجهة..
أول لحظة يواجه فيها أعداءه وجهًا لوجه، منذ هبط جنودهم على سواحل بلاده، في زمن جده..
لحظة الصدام المباشر..
وفي حزم الدنيا كلها، أجاب البدوي:
- لا.. هذا الألماني يخصني أنا.
حدق الضابط البدين في وجه البدوي في دهشة، وخيل إليه أنه لم يفهم كلماته جيدًا؛ لأن معرفته بالعربية لم تكن كافية، أو أن حرارة الشمس قد أربكت عقله وتفكيره، فرفع قبعته العسكرية، وأخرج منديله ليجفف جبهته، ويمسح شعره الأحمر الملتهب كنيران غاضبة، ثم قال:
- يبدو أنك لا تدرك الموقف جيدًا أيها البدوي.. هذا الرجل الماني، ينتمي إلى الرايخ الثالث، قائد دول المحور، التي تتحارب معنا نحن الحلفاء، منذ عام ألف وتسعمائة وتسعة وثلاثين، و...
قاطعه البدوي في صرامة:
- لقد استجار بي هذا الرجل، أيا، كانت جنسيته أو عقيدته، وتقاليدنا تحتم أن أجيره، مهما كان الثمن.
مرة أخرى خيل للضابط البدين أنه لم يفهم المعنى، فحدق في وجه البدوي في دهشة، قبل أن يهتف في حنق غاضب:
- هل تمزح أيها العربي، أم أن حرارة الشمس قد أصابت عقلك بمس من الجنون؟.. إنها حرب..، وهذا الألماني واحد ممن أمطروا شعبنا بالقنابل، ولقد أسقطناه اليوم، وهو أسيرنا، ولن..

قاطعه البدوي مرة أخرى:
- بل هو ضيفي، ولن ينتزعه أي مخلوق مني، إلا على جثتي.
هتف الضابط في حدة:
- على جثتك؟!
ثم انعقد حاجباه في صرامة، وهو يستطرد:
- فليكن أيها العربي.
ورفع ذراعه هاتفًا بلغته:
- اقتلوه.
رأى العربي فوهات المدافع الرشاشة الثلاثة ترتفع في وجهه..
وهو لا يحمل سوى بندقيته..
وخنجره..
وقلبه العربي..

✿✿✿

حتى الحروب علم..
علم له قواعده وأصوله..
علم يدرس كل ظروف الحرب؛ ليضع النتائج..
يدرس ساحة المعركة، وطبيعة الأرض، وقوة الجيشين المتصارعين، و...
كل القواعد..
إلا واحدة..
واحدة نسيها واضعو هذا العلم؛ لأنهم – للأسف – ليسوا من أبناء العرب..
قاعدة تتعلق بقدرات البشر وإحساسهم بالكرامة..
وبقدرة الله (سبحانه وتعالى)..
القدرة التي لا تعلوها قدرة..
قدرة خالق الكون ومحركه..
وبهذه القاعدة المنسية، اختلفت الصورة..
في كل الظروف الطبيعية لم يكن من الممكن أن ينجو البدوي، وهو يحمل بندقيه بدائية وخنجرًا، في مواجهة ثلاث من سيارات (الجيب)، وتسعة من جنود الأعداء، وثلاثة مدافع رشاشة..
ولكننا قلنا إن الصورة قد اختلفت..
لقد تحرك البدوي الملثم بأسرع مما تحرك أعداؤه، ورفع بندقيته في سرعة البرق، وأطلق منها رصاصتين، اخترقت إحداهما جمجمة أحد الجنود الثلاثة، الذين يقفون خلف المدافع الرشاشة، واخترقت الثانية صدر آخر..
وقبل أن يطلق الثالث رصاصات مدفعه الرشاش، كان العربي قد وثب على صهوة جواده، وهتف به:
- انطلق.
لم يفر مبتعدًا عن خصومه، كما قد يتوقع الجميع، وإنما انطلق بجواده نحوهم، وجذب عنان الجواد في حزم، ولكزه بكعبيه في بطنه، فأطلق الجواد صهيلًا قويًا، وقفز بقوائمه الأربع وبراكبيه، فوق

السيارة الوسطى، فأطلق ضابطها البدين شهقة دهشة وذعر، ورفع ذراعه اليمنى فوق رأسه، وهو ينحني في خوف..
وهبط الجواد الأصيل خلف السيارة، وأطلق الألماني الجريح صرخة ألم، عندما ارتج جسده في قوة، مع هبوط الجواد، ثم فقد وعيه، مع انطلاقه الجواد بين رمال الصحراء..
واعتدل الضابط البدين، وهو يصرخ في الجندي المقاتل الوحيد، الذي بقى حيًا خلف مدفعه الآلي:
- اقتله.. اقتله قبل أن يبتعد.
ارتبك الجندي، وقفز إلى الجانب الآخر من السيارة، وأدار مدفعه الرشاش إلى الخلف، وراح يطلق النار خلف البدوي، ولكن جواد هذا الأخير كان قد ابتعد إلى حد كاف، فهتف الضابط البدين في سخط:
- اللعنة!
اعتبر الجندي هذا السباب أمرًا من قائد بالتوقف عن إطلاق النار، فأوقف سيل النيران، في حين استطرد الضابط البدين في حدة:
- يا للعار!!.. كيف فعل بنا بدوي متخلف كل هذا؟
هتف ضابط شاب، له شارب ضخم، يملأ وجهه كله تقريبًا:
- لقد باغتنا وخدعنا يا كابتن (جراهام)، فلم نكن نتوقع رد فعله السريع هذا، ولا اتجاه فراره، أو...
قاطعه البدين (جراهام) في حنق:
- أصبت يا (رالف).. حديثك هذا يثير مزيدًا من سخطي.. كيف تقول بكل هذه البساطة.. إن بدويًا همجيًا قد خدع ثلاثة من ضباط إمبراطوريتنا العظمي؟!.. إننا لن نسمح بهذا أبدًا.
ارتبك (رالف)، وهو يقول:
- ولكنني تصورت أن هذا أفضل مصطلح يا كابتن (جراهام)، وإلا فكيف يمكنك أن تصف ما فعله بجندي سيارتك، وجندي سيارة (براند)؟
قالها وهو يشير إلى السيارة الثالثة، التي يجلس فيها ضابط متين البنيان، حاد الملامح والنظرات، علق في سرعة:
- هذا لا يعني أنه قد هزمنا يا (رالف).
ازداد ارتباك (رالف)، وهو يغمغم:
- بالتأكيد، ولكن..
قاطعه كابتن (جراهام) في صوت هادر، وهو يوجه حديثه إلى الضابط الآخر:
- بالطبع يا (براند).. لا يمكن أن يهزمنا عربي.
ثم أشار إلى حيث اختفى البدوي، وأضاف في حزم غاضب:
- هيا.. أديروا السيارات، وسنطارد هذا البدوي.. وسنستعيد أسيرنا.
استدرات السيارات الثلاث..
وبدأت المطاردة..

✿✿✿

لم يصدق الألماني الجريح نفسه، عندما استعاد وعيه، فوجد نفسه يرقد حيًا على رمال الصحراء، وفوقه مظلة بدائية تظلل رأسه، صنعها له البدوي من سرج جواده، وبندقيته المثبت كعبها في الرمال..

وتحسس الألماني بيسراه تلك الضمادة المحكمة، التي أحاط بها العربي جرح ذراعه، والتي هي جزء من عمامة البدوي، ثم أدار عينيه يبحث عن العربي..

كان جواد البدوي يقف على مقربة منه، ينفخ الهواء من منخريه، ويضرب الرمال بقائمته اليسرى في رفق، في حين وقف العربي على قيد خطوات منه، وهو يوليه ظهره، ويضم كفيه إلى منطقة التقاء صدره ببطنه، ويحني رأسه في خشوع وصمت عجيبين..

وقال الألماني في ضعف:

- حلقي يلتهب.. أريد جرعة ماء.

خيل إليه أن العربي لم يسمعه، على الرغم من أنه كان يقف قريبًا منه، فرفع صوته، مكررًا:

- أريد جرعة ماء.

امتلأت نفسه برهبة غامضة، عندما رأى العربي يجثو على ركبتيه، ثم يسجد حتى تمس جبهته رمال الصحراء..

وارتجف قلب الألماني، ولاذ بالصمت، وهو يراقب العربي في خشوع عجيب، ملأ نفسه كلها، والعربي يكرر سجوده، ثم يجلس على ركبتيه صامتًا، وشفتاه تتمتمان بهمس شديد الخفوت، قبل أن يدير وجهه يمينًا، وكأنما ينظر إلى كتفه اليمنى، ثم يعود ليديره يسارًا، وبعدها ينهض ليحمل زمزميته، ويتجه بها إلى الألماني، قائلًا في هدوء بالغ:

- خذ.. اشرب..

سأله الألماني في دهشة:

- ما هذا؟!

أجابه العربي، وهو يجلس على الرمال إلى جواره:

- الماء.. ألم تطلب جرعة منه؟

أومأ الألماني برأسه إيجابًا، واختطف الزمزمية وراح يروي عطشه من مائها في لهفة، ثم أعادها إلى العربي، وهو يقول:

- أشكرك.

قال البدوي في بساطة لا تخلو من شيء من الحزم:

- الماء لله، وليس لي.

سأله الألماني في اهتمام:

- ماذا كنت تفعل؟

أجاب في اقتضاب:

- أصلي.

سأله:

- للشمس.

كان اللثام يخفي نصف وجه البدوي، إلا أن الألماني رأى ابتسامة ساخرة تملأ العينين السوداوين، والبدوي يجيب:

- هل تصلون أنتم للشمس؟

غمغم الألماني في حرج:

- لا ولكنني تصورت أن..

قاطعه البدوي، وهو يجيب في خشوع:

- كنت أصلي لله (سبحانه وتعالى)، خالق الكون كله.
سأله الألماني:
- أتقصد الرب، الذي نعبده نحن؟
أجاب البدوي:
- هناك إله واحد للجميع.
أراد الألماني أن يلقي عليه سؤالًا آخر، ولكن البدوي أوقفه بإشارة من يده، ورفع رأسه، وكأنه يرهف سمعه لأمر ما، ثم لم يلبث أن نهض في سرعة، وقال في حزم:
- هيا.. سنواصل رحلتنا.
قال الألماني في دهشة:
- ولكنني متعب، و...
لم يمهله العربي، وإنما انتزع سرج الجواد، وراح يربطه على ظهر جواده في إحكام، ثم حمل الألماني، وألقاه على متن الجواد، وانتزع بندقيته من الرمال، ووثب على صهوة الجواد بدوره، فقال الألماني في ألم:
- ماذا حدث؟.. لماذا تسرع هكذا؟
جذب البدوي عنان جواده، وهو يقول:
- لقد وصلوا.
لم يكد يتم عبارته، حتى رأى الألماني سيارات (الجيب) الثلاث، وهي تظهر من خلف مرتفع رملي قريب، وتتجه إلى موقعهما في سرعة، وفي نفس اللحظة انطلق الجواد..
وبدأت المطاردة..

✿✿✿

الفصل الثالث

ترى أيهما أكثر سرعة، على رمال الصحراء.. السيارة، أم الجواد؟..
لا ريب أن هذا هو السؤال، الذي دار بذهنك، مع بدء المطاردة..
وهو نفس السؤال، الذي دار بخلد الألماني، وملأ حواسه كلها، إلى الحد الذي أنساه آلام جراحه، على الرغم من سرعة الجواد وارتجاجاته..
كانت حياته كلها تتوقف على جواب هذا السؤال..
وعلى سرعة جواد البدوي..
هذا ماتصوره هو..
أما راكبو السيارات، فقد بدا لهم أن النصر آت لا ريب فيه وسياراتهم تقترب من الجواد في سرعة، فهتف كابتن (جراهام)، وقد احتقن وجهه المكتظ كله، بفعل الحرارة والانفعال:
- لقد أوقعنا به.. زيدوا من سرعتكم.. هيا.. أريد رأس ذلك العربي الأحمق على طبق من صفيح صدئ.
ضرب (براند) ظهر سائق سيارته براحة يده في حدة، وهو يهتف.

- انطلق خلفه يا (ماني).. سأمنحك إجازة طويلة، لو لحقت به.
ضاعف ذكر الإجازة من حماس (ماني)، وقفزت إلى ذهنه صورة خطيبته الحسناء، التي لم يلتق بها منذ عام كامل، فضغط دواسة الوقود بكل قوته، وانطلق خلف جواد البدوي..
وهتف الألماني في يأس:
- سيلحقون بنا.. لا فائدة.
لم يعلق البدوي بحرف واحد، وإنما ظل ينطلق بجواده بأقصى سرعة، وعيناه تجوبان الصحراء في اهتمام وترقب..
وفجأة انحرف بجواده يمينًا، فهتف (براند)، وهو يطلق ضحكة تمتزج فيها السخرية بالشيء الكثير من العصبية:
- لا فائدة من مناورتك الفاشلة أيها العربي.. الصحراء كلها صحراء.. ستجد الرمال أينما ذهبت.. رمال بلا نهاية.
بلغت العبارة مسامع البدوى، ولكنه لم يتوقف، بل واصل انطلاقته بجواده، وكأنما احتشدت حواسه كلها لهذه الانطلاقة..
واقتربت السيارة من الجواد أكثر وأكثر..
وراحت المسافة بينهما تتناقص..
ومن مسافة بعيدة نوعًا، رأى (جراهام) و(رالف) ما يحدث، فهتف (جراهام) في انفعال شامت:
لقد لحق به (براند).. سيمزق هذا العربي تمزيقًا.
أما (رالف)، فلم ينبس ببنت شفة..
كان هناك قلق خفي يملأ نفسه..
أو هو شعور سابق للأحداث..
كل هذا لم يشعر به (براند)، الذي طغى شعور الظفر على كل مشاعره الأخرى، فقفز من مقعده إلى المقعد الخلفي، حيث المدفع الرشاش المثبت هناك، وصرخ في السائق:
الحق به يا (ماني).. الحق به.. أريد أن أرى الهزيمة في عينيه، قبل أن أمطره برصاصتي.
واقتربت السيارة كثيرًا من الجواد، و..
وفجأة انحرف البدوي بجواده يسارًا، في انحرافه حادة، مال لها الجواد الأصيل في عنف، قبل أن ينطلق في طريقه مرة أخرى، فصرخ (براند):
انحرف خلفه يا (ماني).. انطلـ
قالها و(ماني) يدير سيارته بالفعل، ثم بتر العبارة، وقد اتسعت عيناه في رعب هائل..
لقد وجد أمامه فجأة جرف رهيب..
منخفض رملي حاد، يبلغ ارتفاع حافته، حيث تنطلق السيارة، مائة متر على الأقل..
وكان (ماني) ينحرف بالسيارة في عنف..
والسيارة تنزلق على رمال الصحراء..
وإطارات السيارة تتجاوز حافة الجرف الصحراوي، وتدور في الهواء..
وأطلق (براند) صرخة رعب هائلة، امتزجت بشهقة ذعر وذهول من حلق (ماني)..
وفقدت السيارة توازنها..
وهوت..
هوت من حالق، وارتطمت بالرمال في عنف..

وانكتمت الصرخات..
ودون أن يلتفت خلفه، واصل البدوي طريقه، وجواده ينهب الأرض نهبًا، في حين راح الألماني يسأله في انفعال:
- ماذا فعلت بهم؟.. كيف فعلتها؟.. كيف؟
ولم يجب البدوي...
أما (جراهام) و(رالف)، فقد أوقفا سيارتيهما عند حافة الجرف، وصرخ (جراهام) في ارتياع، وهو يغادر سيارته:
- ماذا فعل ذلك البدوي الأحمق؟.. ماذا فعل؟
دار رأسه، وهو يتطلع من أعلى الجرف إلى السيارة، التي غاص جزء منها في قلب الرمال، مع رأس (براند)، وإلى جوارها استلقى سائقها، وسط بركة من الدماء، راحت الصحراء تمتصها في بطئ..
وفي مرارة، وبوجه أحاله الشحوب إلى ما يشبه الصحراء، قال (رالف):
- لقد خدعه العربي.. قاده إلى حافة رملية، تنشأ عادة من عوامل التعرية الجوية، ولا يعرفها إلا أبناء الصحراء.
رفع (جراهام) رأسه في حدة، وهو يقول:
- أبناء الصحراء؟!
ثم انعقد حاجباه في شدة، وهو يصرخ:
حسنا يا (رالف).. سندفن أبناء الصحراء هؤلاء في قلب الصحراء.
وعلى الرغم من بدانته، قفز إلى سيارته في خفة، واستطرد في عناد:
- هيا.. سنواصل المطاردة.
وأطاع الجميع الأمر..

✿✿✿

ابتعد البدوي بجواده لمسافة مناسبة، ثم خفف سرعة الجواد، وربت عليه في حنان وألفة، ورفع عينيه يديرهما في الصحراء من حوله، فتمتم الألماني في ألم وضعف:
- يبدو أن جرحي ينزف مرة أخرى.
ألقى البدوي نظرة سريعة على الضمادات الملوثة بالدماء، وقال:
- هذا صحيح.
وأوقف الجواد، ثم هبط عنه، وحمل الألماني، وأرقده على الرمال، فتأوه هذا الأخير، وقال:
مازالت الرمال ساخنة.
أجابه البدوي في حزم واقتضاب.
- احتملها.
ثم راح يحل الضمادات في صمت، والألماني يتأمله في حيرة لا تخلو من إعجاب وإكبار، قبل أن يسأله:
- كيف قدتهم إلى هذا الفخ المحكم؟
أجابه البدوي، وهو يضمد الجرح مرة أخرى:
- الصحراء ليست كلها صحراء، كما قال ذلك الرجل.

هتف الألماني في دهشة:
- هل تفهم لغته؟
عقد البدوي حاجبيه، وأجاب في ضيق:
- بالطبع.. إنهم يحتلون وطني منذ أكثر من نصف القرن.
حدق فيه الألماني لحظات في دهشة، ثم أزاح دهشته جانبًا، أمام فضوله الجارف، وهو يسأل البدوي:
- حسنا.. ما الذي تعنيه بأن الصحراء ليست كلها صحراء؟
أجابه البدوي في اقتضاب:
- للصحراء لغة نفهمها نحن.
سأله في لهفة:
- أية لغة؟
لم يجب البدوي هذه المرة..
إنه يعرف لغة أعدائه، ليتقي شرهم، كما أمره دينه ورسوله، ولكنه لن يكشف لغته هو لأجنبي أبدًا.
حتى ولو كان هذا الأجنبي عدوًا لعدوه..
لن يكشفها لأحد قط..
وكرر الألماني في إلحاح:
- ما لغة الصحراء هذه؟
أجابه هذه المرة في اقتضاب حازم:
- لن تفهمها.
ثم حمله، بعد أن انتهى من تضميد جراحه، وأعاده إلى ظهر الجواد، فتخلى الألماني عن سؤاله، وقال:
- أخبرني إذن، إلى أين سنذهب هذه المرة؟
أجابه البدوي، وهو يعتلي صهوة جواده:
- إننا نحتاج إلى الماء.
وفي لغة الصحراء، كان هذا يعني جوابًا واضحًا..
واتجاها واحدًا.

✿✿✿

"إلى أقرب واحة..".
قالها (رالف) في اهتمام، وهو يشير إلى بقعة خضراء، تتوسط خريطة كبيرة صفراء، فردها (جراهام) على مقدمة سيارته، فسأله هذا الأخير:
- أأنت واثق من أنه سيتخذ هذه الوجهة بالذات.
أجابه (رالف):
- بالتأكيد؛ فهو وجواده والألماني سيحتاجون إلى الماء حتمًا، شأن أي مسافر في الصحراء، ولا يوجد ماء في هذه المنطقة، سوى في تلك الواحة.
ثم تنحنح، وأضاف:
- ونحن أيضًا نحتاج إلى الماء، فقد تطول المطاردة، و...

قاطعه (جراهام) في حدة:
- لن تطول.
ثم قفز إلى سيارته، آمرًا في انفعال:
- هيا.. سنذهب إلى هذه الواحة.
وأضاف في حنق واضح:
- وسنروى نخيلها بدماء هذا العربي.
وتواصلت المطاردة..

✿✿✿

لم تختلف الواحة كثيرًا عن صورتها على الخريطة.. بقعة خضراء، وسط مساحة هائلة صفراء.. ومع اقتراب السيارتين من الواحة، راحت تلك البقعة الخضراء تتحول إلى جنة صغيرة، من النخيل والأغصان الوراقة، وسط صحراء قاحلة..
واقتحمت السيارتان تلك الجنة بكل صفاقة وهمجية، وخرج سكان الواحة من خيامهم، يتطلعون في قلق إلى سيارتي (الجيب)، وأصر (جراهام) على مضاعفة هذا القلق، وهو يأمر الجندي الواقف خلف المدفع الآلي، في سيارة (رالف)، قائلًا:
- استعد يا رجل، وأطلق النار بلا تردد، على أول من يرفض التعاون معنا هنا.
قالها بالعربية في تحد واضح، وهو يدير عينيه في وجوه سكان الواحة في صرامة وحزم، ولكن شيخًا عربيًا وقورًا اقترب منه، بلحيته المهيبة، وشعره الأشيب المسترسل، وقال في هدوء، وكأنما لا يعنيه أمر المدفع الرشاش، المصوب إلى صدره:
- لا داعي لكل هذا أيها الضابط.. إننا نعلم لماذا أنتم هنا، ولدينا الجواب.
كان هذا القول مباغتًا لكابتن (جراهام)، الذي توقع الكثير من المكابرة والعناد، كما يحدث في كل مرة، يحدث فيها احتكاك مباشر، بينه وبين العرب، فحدق في وجه الشيخ لحظة في دهشة، لم تلبث أن استحالت إلى غضب، جعله يقول في حدة:
- اسمع أيها الشيخ..
ولكن الشيخ واصل حديثه بنفس الهدوء، وكأنما لا تعنيه حدة (جراهام) أبدًا:
- لقد أتى من تبحثون عنه إلى هنا، وتزود بالماء والمؤن، ثم رحل مع ضيفه الألماني.
هتف (جراهام)، وقد عاودته دهشته بصورة أعظم هذه المرة:
- حضر ورحل؟!
ومرة أخرى تحولت دهشته إلى نوبة غضب، وهو يقول:
- اسمعني أيها الشيخ.. لو أنك تخدعني فسوف.. هذه المرة قاطعته طلقة رصاص..
رصاصة انطلقت من مرتفع رملي بعيد، ولكن الهواء حمل دويها إلى آذان الجميع في الواحة..
والتفت الكل إلى حيث انطلقت الرصاصة..
وارتفعت عيون الأجانب في دهشة..
فهناك.. فوق مرتفع بعيد، جلس البدوي فوق جواده، وأمامه الألماني، منبطحًا على ظهر الجواد، وفي يد البدوي بندقيته، يرفعها عاليًا، بعد أن أطلق منها هذه الرصاصة..
وصرخ (رالف) في دهشة:
- إنه هو؟!

أما (جراهام) فقد استشاط غضبًا، وهو يصرخ:
- يا للصفاقة!!.. يا للتحدي.
ثم صاح:
- انطلقوا خلفه.. أريده بأي ثمن..
وفي نفس اللحظة التي انطلقت فيها السيارتان، أدار البدوي عنان جواده، وانطلق مرة أخرى وسط الصحراء، متحديًا الغموض..
ومواجها الموت..

✸✸✸

الفصل الرابع

كل ما يحدث كان يدهش الألماني ويثيره،، ويقفز بانفعالاته إلى الذروة، على الرغم من ألمه وضعفه المتزايد، اللذين غلبهما فضوله، وهو يسأل البدوي:
- لماذا فعلت هذا؟.. لقد أرشدتهم إلى موضعنا، وكان يمكننا أن نفر منهم تمامًا هذه المرة.
أجابه البدوي في حزم:
لم يكن ذلك البدين ليتورع عن ذبح كل سكان الواحة، ليرشدوه إلى حيث اتجهنا، ولم يكن أحدهم ليخبره، حتى لو فنوا على بكرة أبيهم.
هتف الألماني في دهشة:
- إلى هذا الحد؟!
لم يجب البدوي..
بدا له الجواب ساذجًا تافهًا، لا يستحق حتى أن ينطقه.
من الواضح أن هذا الألماني يجهل الكثير عن طبيعة العرب..
عن الشهامة، والنخوة، والشجاعة، والكرامة..
يجهل كل شيء عن عظمة كل ما هو عربي..
ولم يكرر الألماني سؤاله..
كان قد فهم الشيء الكثير عن طبيعة هذا البدوي..
واحترمه أكثر..
وصمت الألماني، وابتلع آلامه وضعفه، والبدوي ينطلق بالجواد نحو مرتفعات صخرية ضخمة وواسعة الانتشار..
ثم ظهرت السيارتان من خلف تل بعيد، وراحتا تحثان السير نحو الجواد..
هنا فقط عاد إلى الألماني توتره، وقال:
- لقد ظهروا مرة أخرى.
انتظر أن يسمع جوابًا أو تعليقًا من البدوي، إلا أن هذا الأخير لم ينبس بحرف واحد، فراقب الألماني اقتراب السيارات مرة أخرى، وقال في قلق:
- بهذه السرعة سيلحقون بنا حتمًا.

في هذه المرة أجابه البدوي.
- ليس إذا بلغنا الممر أولًا.
هتف الألماني، وقد انتعشت هذه العبارة الأمل في نفسه:
- أهو ممر بين تلك الجبال هناك؟.. أهو أضيق من أن تعبره سيارة؟
جاء جواب البدوي مخيبًا لأمله، وهو يقول:
- بل هو يكفي لمرور سيارتين متجاورتين.
قال الألماني في يأس:
- لماذا تظننا سننجو لو بلغناه قبلهم إذن؟
أجابه في هدوء:
- الرمال ترتطم بقوائم الجواد في قوة.
سأله الألماني في دهشة:
- وما الذي يعنيه هذا؟
صمت البدوي لحظة، ثم أجاب في حزم:
- يعني الكثير.. هذه هي لغة الصحراء.. لغتنا.
قالها وقد بلغ الممر، فاندفع بجواده يعبره في مهارة، والجواد الأصيل يتجاوز بعض الصخور، ويقفز فوق البعض الآخر، وقد تزايدت سرعة الرياح، وراحت حبيبات الرمال الصغيرة ترتطم بوجه الألماني، الذي هتف:
- هذه الرمال مؤلمة.
أجابه البدوي في اقتضاب:
- ألمها هو أملنا الوحيد.
كانا قد بلغا نهاية الممر عند هذه اللحظة، وفوجئ الألماني بالبدوي يوقف جواده، ويهبط عن صهوته، ثم يبدأ في حمله هو لإنزاله، فهتف:
- ماذا تفعل أيها العربي؟.. هل جننت؟!.. إنهم يبعدون عنا مسيرة عشر دقائق فحسب، وتوقفنا يعني أن تنكمش المسافة بيننا وبينهم أكثر، و...
قاطعه البدوي في حزم:
- لن يمكنهم عبور الممر بعد خمس دقائق من الآن.
نطقها وهو ينزل الألماني، ويرقده أرضًا، ثم يحل سرج جواده، ويعمل في سرعة؛ ليصنع منه شيئًا أشبه بخيمة متينة، تصد عنه وعن الألماني الرمال المتطايرة، التي تضاعفت سرعتها وقوتها كثيرًا، في حين التصق الجواد بجدار الجبل، راح يطلق صهيلًا خافتًا متصلًا..
وتمتم الألماني في توتر:
- إنها عاصفة.. أليس كذلك؟
أجابه البدوي:
- بلى.
بعدها ساد الصمت بينهما تمامًا، وراح الألماني يراقب الممر، الذي تفجرت داخله عاصفة جنونية من الرمال، حجبت الرؤية تمامًا..
إنها لغة الصحراء..
لغة الحياة..

والموت..

✿✿✿

ارتبك سائق سيارة كابتن (جراهام) كثيرًا، وهو يقترب من الممر، وراحت أصابعه ترتجف حول عجلة القيادة، ثم لم يلبث أن ضغط كامح السيارة، وأوقفها على بعد أمتار من مدخل الممر، فصاح به (جراهام) في غضب:

- لماذا توقفت؟

أجابه السائق في توتر، وهو يشير إلى عاصفة الرمال، داخل الممر:

لا يمكنني القيادة هناك يا سيدي.. ستدفننا الرمال تحتها أحياء.

وأسرع (رالف) يتدخل، قائلًا:

- هذا صحيح يا كابتن.. إنها عاصفة عتيدة، ومن الأفضل أن نتوقف.

تردد (جراهام) لحظات، ثم قال في حدة:

- ولكن هذا البدوي سيفر.

قال (رالف):

- لست أظن هذا يا سيدي.. لا ريب أنه سيتوقف أيضًا، فالعاصفة أعتى من أن يواصل سيره وسطها.

حسم هذا القول الكثير من تردد (جراهام)، إلا أنه هتف غاضبًا:

اللعنة على هذ الطقس!! إنها صحراء مجنونة كقاطنيها.. لقد نشأت هذه العاصفة القذرة فجأة.. وبلا مقدمات.

تمتم (رالف):

- إنها طبيعة الصحراء يا سيدي.

ثم تنحنح مستطردًا:

- أظنني سأنتقل إلى سيارتك يا سيدي، فهي الوحيدة ذات غطاء واق، والرمال ترتطم بي على نحو مؤلم.

مط (جراهام) شفتيه، وغمغم:

- فليكن.. انتقل إلى هنا.

ووسط العاصفة جلس الجميع ينتظرون انتهاء غضبة الطقس..

وبدء جولة جديدة من المطاردة..

✿✿✿

كان الموقف رهيبًا، والعاصفة تتزايد في عنف، وتبعث في قلب الألماني الكثير من الخوف والتوتر، في حين بدا البدوي هادئًا، ساكنًا، وكأنما ينتظر فقط انتهاء العاصفة؛ ليواصل طريقه، فسأله الألماني:

- يبدو أنك قد اعتدت هذا.. أليس كذلك؟

أتاه الجواب مقتضبًا:

- بالطبع.

ازدرد الألماني لعابه في توتر، وقال:

- شاقة هي حياتكم أيها العرب.

لم يجبه البدوي هذه المرة، ولكن الألماني كان يحتاج إلى مواصلة الحديث؛ ليزيل به بعضًا من رهبة الموقف، فعاد يقول:

- لو نجونا من هنا لن أنسى لك هذا الجميل أبدًا أيها العربي، ولو قدر لـ(المانيا) أن تجتاح هذه الدولة، وتطرد منها البريطانيين، فسأعمل على أن يكون لك شأن فيها.

عقد البدوي حاجبيه، وهو يقول:

- لو حدث هذا، فحاول ألا تلتقي بي أبدًا، وإلا فسيكون الموت نصيبك.

هتف الألماني في دهشة:

- الموت؟!

أجابه البدوي في حزم:

- عندئذ ستكون أحد من يحتلون بلادي، والموت هو الجزاء الوحيد لك.

قال الألماني، محاولًا تلطيف الموقف:

- ولكنني عدو لأعدائك.

قال البدوي في بغض واضح:

- كل استعمار له حجة، ينفذ منها إلينا.

شعر الألماني بدهشة شديدة هذه المرة، وتطلع إلى البدوي في حيرة، ثم سأله.

- لماذا تفعل كل هذا من أجلي إذن، مادمت تبغضني إلى هذا الحد؟

أجابه البدوي في حسم:

- لقد طلبت حمايتي، وتقاليدي تجبرني على الدفاع عنك، ما دمت قد فعلت.

هتف الألماني في دهشة:

- حتى لو كنت عدوك.

قال البدوي:

- حتى لو كنت قاتل أبي وأمي.

حدق فيه الألماني في دهشة بالغة هذه المرة..

كان يستمع إلى منطق لم يتعامل به قط..

بل لم يقرأ عنه..

ولم يسمع به..

ونبض قلبه بإعجاب جارف بغتة، فهتف من أعماقه، وبكل إخلاص:

كم أتمنى لو كنت عربيًا!!

رمقه البدوي بنظرة جانبيه، دون أن يجيب، فاستطرد الألماني في حرارة:

- أريد أن أصبح عربيًا.

خيل إليه أن البدوي قد ابتسم، من تحت لثامه، في سخرية، ثم أشاح بوجهه في صمت..

وانقطع حبل الحديث..

تمامًا..

✿✿✿

كانت ليلة ليلاء، عصفت فيها الرياح، وعربدت، وحملت أطنانًا من الرمال، وألقتها في كل مكان، مغيرة تضاريس الصحراء في بساطة وسرعة، كما يحدث في كل العواصف.. وانكمش البريطانيون

الخمسة داخل السيارتين.. (جراهام) و(رالف) في سيارة مغطاة، والجنود الثلاثة الآخرون في سيارة عارية..
ومضى الليل بطيئًا.. طويلًا..
ثم أشرقت الشمس أخيرًا في الأفق..
وهدأت الرياح بغتة..
وساد السكون..
سكون رهيب مثير، قطعه (جراهام)، وهو يهتف:
- اللعنة!.
نهض ينفض الرمال عن ثيابه العسكرية، وألقى نظرة على السيارة الأخرى، حيث الجنود الثلاثة، الذين بدوا شديدي التهالك، وهم ينفضون كميات هائلة من الرمل، ثم التفت إلى (رالف)، الذي يحتل مقعد قيادة سيارته، قال محنقًا:
- لم أتصور أن ينتهي هذا الأمر السخيف أبدًا!
قال (رالف)، وما زالت حروف كلماته تحمل آثار ليلته العصيبة:
- هكذا عواصف الصحراء.. تنشأ فجأة.. وتنتهي فجأة، و...
قاطعه صهيل جواد، يأتي من الطرف الآخر للممر، فأدار عينيه إلى هناك، وأدار الجميع عيونهم معه..
كان جواد البدوي هناك، يضرب الأرض بقوائمه، وإلى جواره ارتفعت يد، بدا وكأنها تبرز من قلب الرمال، ثم برز البدوي، وهو يحمل الألماني من أسفل السرج، ويحمل بندقيته باليد الأخرى..
كان على بعد أمتار قليلة من السيارتين؛ لذا فقد صرخ (جراهام)، وقد انتابه حماس جارف:
- ها هو ذا.. انقضوا عليه.
وعلى الفور زأرت محركات السيارتين، وانطلقت سيارة الجنود الثلاثة، يقودها جندي، وخلفها سيارة (جراهام)، يقودها (رالف)..
وفي مؤخرة سيارة الجنود، كان أحد الجنود الثلاثة يعد المدفع الرشاش للإطلاق..
واتسعت عيون الألماني في ذعر..
هذه المرة لا أمل في النجاة..
لا أمل قط..

✿✿✿

الفصل الخامس

في كل شعوب العالم، وفي كل لغات الدنيا، وكل تراث معروف، ستجد قولًا مأثورًا، أو مثلًا شعبيًا، يشير إلى معنى اتفق عليه الجميع..
"الحياة مع الخطر تصنع أفضل أنواع الرجال.."
وهذا صحيح..

كان ينبغي أن ترى ما حدث هناك، في ذلك الممر الصغير، في قلب الصحراء، لتؤمن تمامًا بهذا المبدأ..

لقد نشأ البدوي وترعرع في قلب الصحراء، بكل مخاطرها وصعابها..

وألفها..

امتزج بها..

صارت رمالها مهدًا وفراشًا له..

عرفته وعرفها..

فهمته وفهمها..

وفي هذه اللحظة هناك، عندما انقضت عليه سيارتا (الجيب)، كان يدرك جيدًا ما ينبغي له أن يفعله.. وفي سرعة، فعله..

رفع بندقيته إلى أعلى، وأطلق رصاصتين على قمة الممر..

وارتفع ذلك الهدير..

هدير يعرفه كل بدوي..

ويخشاه..

ورفع البريطانيون رؤوسهم إلى أعلى..

ورأوا صخورًا صغيرة ترتجف في أعلى الممر، ثم تنفصل عن أماكنها، وتهوى فوق الرؤوس، مع أطنان من الرمال..

وصرخ (جراهام) في هلع:

- تراجع يا (رالف).. تراجع..

قفزت يد (رالف) في توتر إلى عصا السرعة، ووضعتها في موضع العودة إلى الخلف، وضغطت قدمه دواسة الوقود..

وسقطت فوقه الرمال..

وارتفع صراخ الجنود الثلاثة، على بعد أمتار داخل الممر..

ولكن (رالف) تراجع بالسيارة..

لقد نجح ونجا، ولكن جنوده الثلاثة دفنوا أحياء تحت الرمال..

رمال الصحراء..

واتسعت عينا (جراهام) في رعب وذهول، والرمال مازالت تنهمر، ثم هتف بكل التوتر الكامن في نفسه:

- اللعنة!!

كان (رالف) ينفض الرمال عن ثيابه في عصبية، عندما أجابه:

- هذا العربي داهية يا سيدي.. داهية رهيب.

هتف (جراهام)

- بل هو ثعلب.. ثعلب ماكر.

ران عليهما الصمت، بعد عبارة (جراهام)، ثم قال (رالف) في تردد:

- يبدو أننا سنضطر للاعتراف بالهزيمة، و...

صرخ (جراهام)

- اصمت.

ثم انتزع خريطة الصحراء، راح يفردها في عصبية بالغة، وهو يقول:
- نعترف بالهزيمة أمام عربي؟!.. هل أصابك الجنون يا (رالف)؟.. إنني سأقتنص هذا الثعلب العربي المغرور، حتى ولو تصور أنه قد أفلت منا.
فرد الخريطة أمام وجهه، وتابع في انفعال:
- هذا الحاجز الجبلي يمتد لثلاثة كيلومترات فحسب، وكان يمكننا أن ندور حوله منذ البداية، ولكن هذا البدوي الخبيث قادنا كالنعاج نحو هذا الممر، وكأنما يتعمد إيقاعنا في الفخ.
تمتم (رالف) في تردد:
- يبدو هذا.
طوى (جراهام) الخريطة في حزم، وهو يقول:
- حسنا.. سندور حول الجبل، وسنواصل المطاردة وحدنا – أنا وأنت – حتى نصرع ذلك البدوي، ونستعيد الأسير الألماني.. هيا.. ستقود أنت.. انطلق.
تنهد (رالف) في استسلام، وأدار محرك السيارة، وانطلق مرة أخرى..
كان يعلم أنها الجولة الأخيرة..
جولة مع البدوي..
ومع الصحراء..

✿✿✿

حاول الألماني أن يبتسم في وهن، وهو يقول للبدوي:
- رائع أنت أيها العربي.. لقد قدت هؤلاء البريطانيين إلى الفخ بكل مهارة، وأوقعت بهم، و...
قاطعه البدوي:
- هم قادوا أنفسهم إليه.
تهالك جفنا الألماني، وراح جسده يرتجف ارتجافة منتظمة، لا تتوافق مع ارتجاجات الجواد، وهو يحاول المحافظة على ابتسامته، متمتمًا:
- هل التواضع أيضًا من سمات العرب؟
تطلع إليه البدوي لحظات في صمت، ثم تحسس جبهته المبللة بالعرق، وقال:
- أنت مصاب بالحمى.
تمتم الألماني:
- يبدو أنها النهاية.. لقد تلوث جرحي، وفقدت الكثير من الدماء.
قال البدوي في قلق:
- تماسك.. سنبلغ واحة أخرى بعد قليل، وهناك سيداويك شيخها بعقاقيرنا، و...
قاطعه الألماني:
- لا يا رجل.. إنها النهاية.. إنني أشعر بهذا..
ثم أمسك كفه، مستطردًا:
- هيا.. اتركني لهم.. اتركني لهؤلاء البريطانيين.. سيوقفون مطاردتك حينذاك.
أوقف البدوي جواده، وهو يقول في لهجة رجل لا يقبل النقاش:
- محال.

هبط عن الجواد، وأنزل الألماني، واتجه نحو صخرتين متعانقتين، في قلب الصحراء، وأرقده بينهما، ثم حمل سرجه، وصنع له به مظله، راح ينثر فوقها الرمال، ليحجبها عن الأنظار، ويغطي ساقي الألماني بالرمال، والألماني يتمتم، وهو يرتجف من الحمى:

- لا فائدة.

تجاهله البدوي تمامًا، وهو ينتزع نطاقه، ويبلله بالماء، ثم يضعه على جبهة الألماني، ويمد يده له بزمزميته، قائلًا:

- اشرب.. الماء يخفف الحمى.

شرب الألماني الماء دون حماس، ثم قال:

- هل تخشى الاعتراف بالهزيمة أيها البدوي؟.. لقد خسرنا السابق؛ بسببي أنا، وسيبلغ البريطانيون موقعنا حتمًا.

قال البدوي في عمق:

- الله (سبحانه وتعالى) يمنح النصر لمن يشاء.

ابستم الألماني في شحوب، وهو يغمغم:

- بإصراركم أيها العرب.

اعتدل البدوي بغتة، وأرهف سمعه لحظات، ثم قال في حزم:

- ابق هنا.

تمتم الألماني:

- اطمئن.. إنني أعجز حتى عن تحريك سبابتي.

واندفع البدوي نحو جواده، ووثب على صهوته، في نفس اللحظة التي ظهرت فيها سيارة (الجيب) البريطانية، وصرخ (سيمث) داخلها:

- ها هو ذا.. الحق به يا (رالف).. سنقتله هذه لمرة.

انتزع مسدسه، وصوبه إلى البدوي، الذي ينطلق بجواده، فهتف (رالف)، وهو ينطلق بالسيارة نحوه:

- ولكن أين الألماني؟

صاح به (جراهام):

- دعك من الألماني الآن، فليذهب إلى الجحيم.. سنظفر بالبدوي أولًا، ثم نبحث عنه.

قال كلماته، وراح يفرغ رصاص مسدسه خلف البدوي، الذي أدار عنان جواده يمنة ويسرة في مهارة، متفاديًا طلقات النيران، ثم انطلق نحو بقعة مستوية، وهو يحث جواده على الانطلاق نحوها في إصرار..

وفجأة ضغط (رالف) كامح السيارة، فاندفع جسد (سيمث) البدين ليرتطم بزجاجها، قبل أن يهتف في ثورة:

- ماذا فعلت أيها التعس؟.. لماذا توقفت الآن؟

أجابه (رالف) في توتر:

- أشعر أن هذا العربي يقودنا إلى فخ آخر.

صرخ (جراهام):

- أيها الجبان الرعديد.. إنك لا تستحق شرف نيل رتبة ضابط، في جيش الإمبراطورية العظمى.

قال (رالف) في عصبية:

- سيدي.. لا يحق لك أن...
بغتة دفعه (جراهام) في غلظة خارج السيارة، هاتفًا:
- فيما بعد أيها الغبي.. إنك تضيع فرصة نادرة.
سقط (رالف) على الرمال، خارج السيارة، وعندما اعتدل، كان (جراهام) يحتل مقعد القيادة، ويهتف:
- انتظرني هنا.. سأعود إليك برأس هذا العربي.
وانطلق بالسيارة خلف جواد البدوي، و(رالف) يصرخ خلفه:
- انتظر ياسيدي.. انتظر.. إنه الأقوى في هذه الساحة.. لسنا نعرف الصحراء كما يعرفها.
ولكن (جراهام) تجاهله..
- أو أنه لم يسمعه..
كانت كل حواسه تتجه نحو البدوي..
لقد أصبحت قضية ثأر شخصي..
أما البدوي، فقد واصل عدوه بجواده نحو البقعة المستوية، ثم انحرف يمينًا بغتة، وعاد مرة أخرى إلى اليسار، ووثب بجواده فوق شيء ما، ثم عاد ينطلق، فأطلق (جراهام) ضحكة ساخرة عصبية عالية، وهو يهتف:
- لن يفيدك هذا أيها العربي.. سأسقطلك هذه المرة، رفع مسدسه، وصوبه نحو رأس البدوي في إحكام، وأضاف:
- كما كنت أسقط وحوش الغابات في (كينيا).. رصاصة واحدة في الرأس، و...
وفجأة فقدت السيارة توازنها، وارتجت في قوة، ثم بدت وكأنها تنزلق فوق أرض زلقة، قبل أن يتوقف محركها دفعة واحدة..
وصرخ (جراهام) في سخط، وهو يحاول إدارة محرك السيارة مرة أخرى:
- اللعنة!.. ماذا أصاب هذه السيارة اللعينة؟
تعلقت عيناه بغتة بالبدوي، الذي أوقف جواده على بعد أمتار، وراح يتطلع إليه في صمت، بوجهه الذي يخفي اللثام نصفه، وعينيه السوداويين الحازمتين..
وسرت رجفة مبهمة في جسد (جراهام) البدين..
لماذا توقف البدوي عن العدو؟..
لماذا لم يستغل الفرصة؛ ليبتعد أكثر، وأكثر؟
ثم انخفض بصرة فجأة..
انخفض دون أن يخفض هو وجهه..
عندئذ فقط أدرك (جراهام) ما يحدث..
كانت مقدمة سيارته تغوص..
تغوص في بحر من الرمال الناعمة..
في فخ جديد، قاده إليه ذلك البدوي..
واتسعت عينا (جراهام) في رعب، وراح يتلفت حوله في يأس..
كان (رالف) بعيدًا..
والبدوي قريب..
والسيارة تغوص في بحر الرمال الناعمة في سرعة..

وصرخ (سيمث):

- ما الذي فعلته بي، أيها العربي الحقير؟

لم ينبس البدوي ببنت شفة..

لم يحرك ساكنًا..

بقي فوق جواده جامدًا، ممسكًا بندقيته في سكون وحزم، كما لو كان تمثالًا للصمود والقوة..

وواصل (جراهام) صراخه، والسيارة تختفي في بحر الرمال:

- هل ستتركني هكذا، أيها العربي الوقح؟.. هيا.. أخرجني. هيا.

بدأ جسده البدين يغوص في الرمال الناعمة، بعد أن اختفت السيارة تمامًا، فتولاه رعب هائل، وهو يهتف:

- قلت لك اخرجني أيها العربي.. اخرجني أو أقتلك.

رفع مسدسه نحو العربي، وصرخ:

- قلت سأقتلك.

كان جسده يغوص في سرعة، حتى بلغت الرمال عنقه، فانتابه فزع جنوني، وهو يصرخ:

- أيها العربي الحقير.. أيها البدوي الماكر.

كل هذا دون أن تتحرك عضلة واحدة في وجه البدوي أو جسده..

وكل هذا و(رالف) يعدو بكل قوته نحو بحر الرمال الناعمة، في محاولة لإنقاذ رئيسه..

ولكنه وصل متأخرًا..

لقد بلغ المكان ولم يعد هناك أثر لجسد (جراهام) البدين.. لقى المحتل الغاضب مصرعه، في قلب الصحراء..

وفي هذه اللحظة فقط تحرك البدوي..

أدار فوهة بندقيته، وصوبها نحو (رالف)، الذي هتف وهو يلقي مسدسه أرضًا:

- لا.. إنني أستسلم..

كان قد أدرك الآن أن هذه ليست ساحته..

وأن البدوي هو السيد هنا..

في قلب الصحراء..

وفي استسلام تام، سار أمام جواد البدوي، رافعًا ذراعيه فوق رأسه، حتى بلغا الموقع، الذي ترك فيه البدوي الألماني الجريح، فألقى (رالف) نظرة على الألماني، وقال في توتر:

- أتصدق أن كل هذا قد حدث بسببك؟

تمتم الألماني بابتسامة شديدة الشحوب:

- إنني فخور بهذا.

هز (رالف) رأسه في توتر، ثم التفت إلى البدوي، وقال:

- والآن ماذا ستفعل بي؟.. هل ستقتلني؟

التقط البدوي زمزمية مياه، وألقاها إلى (رالف)، وهو يقول في حزم:

اتبع غروب الشمس، وستبلغ واحة صغيرة بعد مسيرة ساعتين، وهناك يمكنك تدبير أمر عودتك.

هتف (رالف) في دهشة:

- ألا تخشى أن أعود للانتقام منك؟

أجابه البدوي في حزم رهيب:

- اذهب.
التقت عينا البدوي بعيني (رالف) لحظات، ثم خفض هذا الأخير عينيه، متمتمًا:
- سأذهب.
راقبه البدوي في صمت تام، وهو يبتعد، حتى اختفى خلف تل رملي بعيد، في اتجاه الغرب، وهنا قال الألماني في وهن:
- لست أفهم!
التفت إليه البدوي، وسأله:
- ما الذي تريد فهمه؟
قال الألماني، وقد صار وجهه شاحبًا كرمال الصحراء:
- لقد تركت البدين يلقى مصرعه، في قلب بحر الرمال الناعمة، دون أن تمد له يد العون، ثم تركت ذا - الشارب الضخم يرحل، دون أن تمسه بسوء!!
رفع البدوي عينيه، يتطلع إلى السماء وهو يجيب:
- لقد استسلم ذو الشارب، وكان أعزل من السلاح، وليس من شيمنا أن نقتل العزل، أما البدين، فقد ظل يحمل سلاحه حتى النهاية.
صمت لحظة، ثم أضاف:
- ثم إنه لم يطلب عونًا.
سأله الألماني في دهشة:
- أكنت ستنقذه لو فعل؟
أجابه البدوي في حزم:
- بالتأكيد.
ابتسم الألماني ابتسامة شاحبة، وهو يقول:
- إنكم حقا أفضل الفرسان، أيها العرب.
وازدرد لعابه في صعوبة، وأضاف:
- أتتصور أنك قد فعلت كل هذا، دون أن تعرف حتى اسمي؟
قال البدوي في خفوت:
- وهل للأسماء قيمة، في مثل هذه المواقف؟
قال في وهن:
- صدقت.. إنني لم أر حتى وجهك.. ولكن هذا لا يهم.. لم يعد يهم.
ثم زاغ بصره، وهو يستطرد في وهن بالغ:
- أريد أن أصبح عربيًا مثلك.. ساعدني كي أص...
امتدت كلمته على هيئة شهقة خافتة، تراخى بعدها جسده كله، وخبا بريق الحياة في عينيه، فانحنى البدوي يسبلهما في خشوع، ثم اعتدل قائلًا:
- هيهات يا رجل.. العربي يولد عربيًا.
لاذ بعدها بالصمت تمامًا، حتى انتهى من مواراة جثة الألماني الثرى، ثم وثب على صهوة جواده، وبقى صامتًا، يتطلع إلى غروب الشمس، وعيناه تتألقان ببريق جديد..
لقد قاتل أعداءه، في مواجهة صريحة لأول مرة..
وانتصر..

ولقد استعذب هذا النوع من القتال..

ولن يتوقف عنه..

لن يتوقف حتى ينزح المحتلون عن أرضه..

لقد استيقظت في أعماقه روح الفارس..

فارس هذه الصحراء..

وفي حماس، جذب البدوي عنان جواده، وسمع صهيل الجواد القوي، وهو يضرب قائمتيه الأماميتين في الهواء، وبعدها انطلق به في قلب مملكته..

في قلب الصحراء..

✿✿✿

ثمن الصداقة

تبدأ أحداث القصة في خمسينيات القرن العشرين

الفصل الأول

صداقتهما كانت دائمًا مضربًا للأمثال..

لم يفترقا منذ طفولتهما، ولم يختلفا أو يتشاجرا، ولو مرة واحدة.. منذ حداثتهما، اعتاد الجميع رؤيتيهما معًا..

في اللهو، والمرح، وفي أيام الدراسة والامتحانات..

حتى عندما يمارس (طارق) رياضة الملاكمة، التي يعشقها، كان من الضروري أن تجد (هشام) هناك، يتابع المباراة في قلق، على الرغم من بنيته الضعيفة، وعدم ميله للرياضات العنيفة، وكثيرًا ما يعتريه الشحوب، إذا ما أصيب (طارق) بلكمة، أو كاد يخسر المباراة..

وفي المقابل، كنت تجد (طارق) دائمًا، في كل الحفلات الموسيقية، التي تظهر فيها موهبة (هشام)، بالعزف على البيانو، وكانت يداه تلتهبان بالتصفيق، كلما انتهى (هشام) من عزف إحدى مقطوعاته، وهو الذي لا يميل أبدًا إلى الموسيقى..

كانا يختلفان في كثير من الميول والاهتمامات، إلا أن هذا لم يقف أبدًا كحاجز بين صداقتهما..

وعندما نالا معًا شهادة الثانوية العامة، اتجه (طارق) إلى الكلية الحربية، التي قبلته بين صفوفها على الفور، بجسده القوي المتين البنيان، وتاريخه الرياضي المشرف، في حين قدَّم (هشام) أوراقه إلى معهد الموسيقى، وخطا إليه بجسده النحيل، ومشاعره الرقيقة، ليثبت هناك تفوقه، وينمي موهبته في هذا المجال..

وفي كل إجازة يحصل عليها (طارق)، كانا يلتقيان، ويقضيان معًا كل وقتهما، في حديث لا ينقطع، وكأنما لا يشبع أحدهما من لقاء الآخر أبدًا..

كانت صداقة نادرة، وضعت منذ بدايتها ميثاقًا غير مكتوب، يقول إن (طارق) هو صاحب القوة، الذي يذود عن (هشام) ضد أي عدوان من أقرانهما، ويحميه من أي شخص يحاول استغلال ضعفه..

لم يناقشا هذا الأمر أبدًا، أو حتى يشير أحدهما إليه، ولكنه ظل بينهما كقانون يحترمه الآخرون، ويتحاشون النيل منه..

ثم تخَّرج الإثنان، وصار (طارق) ضابطًا برتبة ملازم ثان، في القوات الخاصة المصرية، في حين حصل (هشام) على وظيفة معيد بمعهد الموسيقى، وعندما التقيا بعدها هتف (طارق) في مرح:

- أهلًا بعبقري الموسيقى الجديد.. ألف مبروك للمعهد، على عملك فيه.

ضحك (هشام)، وهو يقول:

- وما شأن قيادة الجيش بـ(بيهوفن) (مصر)؟

عقد (طارق) حاجبيه، وقال:

- من؟!

ثم قهقه ضاحكًا، وهو يقول:

- يا للأسماء العجيبة، التي تستخدمونها يا رجال الموسيقى.. اسمع.. ما رأيك بالانضمام إلى فرقة موسيقى الجيش؟

لوَّح (هشام) بيده، قائلًا:

- لا.. لا شأن لي بالجيش.

أشار إليه (طارق)، قائلًا:

- سيكون لك به شأن حتمًا يا صديقي، فأنت مثل أي شاب مصري، ستخضع للتجنيد الإجباري.

هز (هشام) كتفيه، وقال:

- من يدري؟.. ربما رفضوني لضعف بنيتي.

ضحك (طارق)، وقال:

- نعم.. من يدري.

ولكنهم لم يرفضوه..

لقد خضع (هشام) للتجنيد الإجباري، وصار جنديًا في جيش (مصر)..

وعلى الرغم من أنه و(طارق) قد صارا ينتميان إلى جهة واحدة، إلا أنهما لم يعودا يلتقيان كالسابق..

كانت لقاءاتهما نادرة وقليلة، و(طارق) يعمل على تدريب واحدة من فرق القوات الخاصة، في حين التحق (هشام) بعمل إداري في وحدة من وحدات الجيش، في قلب (سيناء)..

وذات يوم، كان (هشام) منهمكًا في عمله، عندما سمع صوتًا مرحًا، يقول:

- ألا تؤدي التحية لمن هم أعلى منك رتبة، أيها الجندي؟

رفع (هشام) عينيه إلى مصدر الصوت، وقفز من مقعده، هاتفًا في سعادة:

- (طارق)؟!

أشار (طارق) إلى كتفه، وهو يقول في مرح:

- الملازم أول (طارق) يا فتي.. ألا ترى تلك النجمة الثانية، التي تثقل كتفي؟

عانقه (هشام) في سعادة، وهو يهتف:

- مبارك يا صديقي.. مبارك.

ثم تطلع إليه في ارتياح، مستطردًا:

- كم تسعدني رؤيتك يا صديقي العزيز.. من الواضح أن تدريبات القوات الخاصة تزيدك قوة، فقوامك أكثر اعتدالًا، وعضلاتك واضحة، و...

قاطعه (طارق):

- المهم أنني رأيتك.

سأله (هشام) في اهتمام:

- حقًا.. نسيت سؤالك عن هذا.. أهي إجازة أم....؟

قاطعه (طارق) بسرعة:

- شيء من هذا القبيل.

صمت لحظة، ثم بدا وكأنه لا يحتمل كتمان أحد أسراره عن صديق عمره، فتابع في خفوت:

- ستنتقل كتيبتي غدًا إلى منطقة الممرات.. إلى ممر (متلا) بالتحديد.

سأله (هشام)، في خفوت مماثل.

- أهي تحركات عسكرية؟

هز (طارق) كتفيه، وقال:

- ألم تسمع خطب الرئيس (جمال عبد الناصر)، وتهديداته بإلقاء (إسرائيل) في البحر؟.. انتقالنا هو جزء من هذه التهديدات يا صديقي.. نوع من إبراز القوة والعضلات.

سأله (هشام):

- وهل سينتهي هذا بنا إلى الحرب؟

حرك (طارق) رأسه نفيًا، وقال:

- لا.. لا أظن هذا.. أظنها نوع من الحرب الإعلامية، لا أكثر ولا أقل.

ثم ارتسمت على شفتيه ابتسامة عريضة، وهو يمسك كتفي صديق عمره، مستطردًا:

- المهم أننا قد التقينا يا صديقي، هذا هو كل ما يعنيني الآن.

وإلى جوارهما كانت نتيجة الحائط تشير إلى الثالث من يونيو، عام ألف وتسعمائة وسبعة وستين..

قبل يومين من حرب يونيو..

من الكارثة..

❁ ❁ ❁

الفصل الثاني

لا أحد، حتى ممن عاصروا الأمر، يمكنه أن ينقل صورة حقيقية، لحجم وفداحة الكارثة، التي أصابت جيش (مصر)، في الخامس من يونيو، عام ألف وتسعمائة وسبعة وستين..

لا أحد يمكنه أن يصف كل الأهوال والمصائب، التي حطَّمت جيش دولة كاملة، في أيام معدودة..

سلاح الطيران كله تحطَّم، قبل أن تصعد طائرة واحدة منه إلى السماء..

خيرة شباب (مصر) لقى حتفه، قبل أن يطلق رصاصة واحدة..

القيادة تخبَّطت، والأوامر تضاربت، والذعر ساد الصفوف..

ثم صدر قرار الانسحاب..

حتى هذا القرار، لم يصدر بعد دراسة أو تخطيط..

كان أعجب قرار انسحاب، صدر عبر التاريخ..

وكان على كل شخص أن ينسحب على مسئوليته..

واستدار الجيش المحطَّم، يركض وسط رمال الصحراء، في اتجاه الغرب، سعيًا وراء الفرار، وفوقه تحوم طائرات العدو، ورصاصتها تحصد الشباب والرجال بلا رحمة..

ووسط هذه الجموع الفارة، كان (هشام)..

بجسده النحيل راح يجرّ قدميه فوق رمال سيناء، والشمس تلهب رأسه، والحزن يملأ قلبه..

وحتى في هذه الظروف كان يفكر في (طارق)..

لم يدر ماذا أصابه، ولا كيف هو الآن..

وكان يشعر بالقلق من أجله..

وعندما عجزت قداماه عن حمله، انتقى ظل تبة رملية مرتفعة، وألقى جسده فيه، وراح يلهث في قوة، حتى استلقى أحد رفاقه إلى جواره، وهتف في مرارة:

- ماذا يحدث لنا؟.. لماذا لم نلقيهم في البحر، كما قال القادة؟

تمتم (هشام) في تهالك:

- دع القادة يقولون ما يحلو لهم.

صاح زميله في سخط:

- لماذا فعلوا بنا هذا؟.. لماذا؟

لم يجبه (هشام)...

بل لم يحاول أن يفعل..

لقد ترك جسده المكدود يتهالك ويتداعى، وتجاهل كل الخطر المحيط به من كل جانب، واستسلم لنوم عميق.

وفجأة رأى (طارق) أمامه..

رآه مصابًا، يحيط ساقه بضمادة ملوَّثة بالدماء، ويخفي جسده بين صخرتين عالتين، وهو يناديه..

نعم.. يناديه..

لقد سمع صوت صديقه في وضوح، وهو يهتف باسمه، في لهجة من يستنجد به..

وهنا هبّ من نومه، يهتف:

- (طارق).

انتفض زميله، وقال في عصبية:

- (طارق) من؟.. أتنقصنا كوابيسك أيضًا؟... ألا يكفينا ذلك الكابوس، الذي نحيا كل ثانية منه، ونجهل ما إذا كنا سنستيقظ على قيد الحياة، أم في العالم الآخر.

تجاهله (هشام)، وهو ينهض حاملًا زمزية ماء صغيرة، وقال في حزم:

- (طارق) مصاب هناك.

تطلع إليه زميله في دهشة، وقال:

- هناك؟

أجابه (هشام)، وهو يهم بالسير شرقًا:

- نعم.. عند الممرات.. عند ممر (متلا).. إنه يحتاج إلي.

خيل لزميله أن الشاب لم يحتمل كل هذه الضغوطات، ففقد عقله من شدة الخوف، مما جعله يمسك به، قائلًا:

- إلى أين؟.. هل جننت؟.. كل الناس تهرب غربًا، فكيف تتجه أنت شرقًا.. إنك كمن يلقي نفسه بين فكي ذئب جائع.

دفع (هشام) يده، وهو يقول:

- لا يمكنني أن أترك صديقي هناك.

صاح به زميله:

- ألا تشعر بالخوف؟

ارتجف جسد (هشام)، وهو يقول:

- بل أشعر بالرعب.

وصمت لحظة، ثم أضاف في حسم:

- ولكنني لا أملك الخيار..

وارتفع رأسه في اعتداد، وهو يستطرد.

- إنه صديقي.

وانطلق نحو الشرق..

✿✿✿

لم تكن الرحلة إلى الشرق هينة، لو أن تلك المسيرة الشاقة تحتمل اسم (رحلة)، فلقد التقى (هشام) في طريقه بعشرات من رجال الجيش المصري، الذين يشقون طريقهم إلى الغرب، وكلهم حاولوا إثناءه عن فكرته، بل لقد حاول بعضهم حمله بالقوة إلى الغرب، إلا أنه قاوم كل هذا في شراسة، لا تتفق مع نحوله وضعفه، حتى اضطروا إلى تركه وشأنه..

حتى غابت الشمس في الأفق..

ومع مغيبها، ألقى (هشام) جسده على الرمال، وراح يلهث..

لن يتراجع أبدًا، بعد أن سمع نداء صديقه..

لن يتراجع مهما حدث..

إنه واثق من أن صديق عمره هناك، حيث رآه في حلمه..

إنها ليست أول مرة يحدث فيها..

إنه يذكر مرة، عندما كان صبيين..

أيامها هاجمه عدد من الصبية، وأرادو اختطاف آلة موسيقية صغيرة، كان قد ادخر مصروفه اليومي لشهرين كاملين، حتى أمكنه شراؤها..

كانوا يفوقونه حجمًا وقوة..

ولكنه هتف ينادي صديقه (طارق)..

لم تنفرج شفتاه عن هذا الهتاف، ولكنه أطلقه من أعماقه، وهو يعدو محاولًا الفرار..

ثم ظهر (طارق) فجأة عند الناصية..

وهاجم الصبية..

واضطرهم إلى الفرار..

يومها سأله عما آتى به، فأخبره (طارق) أنه كان نائمًا، وسمعه يناديه، فهب من فراشه، وأسرع إليه..

وأنقذه..

كان دائمًا ينقذه ويذود عنه..

والآن حان دوره..

سينقذ صديق عمره، و...

وفجأة التصقت فوهة باردة بجبهته، وسمع صوتًا ساخرًا، يقول بعربية لها لكنة شرقية:

- هل أمكنك النوم، وسط كل هذه الأحداث، أيها المصري؟

وعندما فتح عينيه، كانت فوهة مدفع آلي مصوبة إلى جبهته..

إلى منتصفها تمامًا..

✿ ✿ ✿

تجمد (هشام) في موضعه تمامًا، وهو يتطلع إلى فوهة المدفع الآلي، ومن خلفه وجه الجندي الإسرائيلي، الذي تابع بنفس السخرية:

- هيا أيها المصري.. انهض.

وجد (هشام) صعوبة في أن ينهض واقفًا، وفوجئ بالجندي يلقي إليه معولًا، وهو يقول:

- خذ.. احفر.

امسك (هشام) المعول في حيرة، وهو يسأله:

- أحفر ماذا؟

ابتسم الجندي في سخرية، وهو يقول:

- حفرة أنيقة مستطيلة، في حجم رجل مثلك.

ثم قهقه ضاحكًا، وأضاف:

- لقد سئمنا جمع الأسرى، واتفقنا على حل مثالي.

وأطلّت من عينيه نظرة شرسة مباغتة، وهو يستطرد:

- هيا أيها المصري.. ستحفر قبرك بيديك.

ارتجف (هشام)، عندما سمع هذا التعليق الأخير، وانقبضت أصابعه على ذراع المعول، وقفز ذهنه إلى الفكرة المخيفة..

فكرة أن يُدفن حيًا..

وأن يترك (طارق)..

وبسرعة راح يفكر في وسيلة للفرار من هذا الجندي..

ولكن كيف؟..

إنه أضعف من أن يهاجم جنديًا محترفًا، يصوّب إليه مدفعًا آليًا، متحفزًا للإنطلاق بلا رحمة..

وصرخ فيه الجندي:

- احفر أيها الجندي..

لم يكد يتم عبارته حتى لاحت أضواء كاشفة من بعيد، والتفت إليها الجندي، وهو يقول في سخرية:

- لا تجعل الأمر يخدعك أيها المصري، إنها ليست واحدة من سيارتكم حتمًا، فلم تعد لكم سيطرة على...

قبل أن يتمّ الجندي عبارته، فعل (هشام) ما لم يتصوَّر أن يفعله أبدًا..

رفع المعول، وهوى بسطحه على جانب وجه الجندي، بكل ما يملك من قوة..

وسقط الجندي أرضًا، وصرخ:

- أذني.. لقد جرحت أذني أيها المصري.. لقد..

ولكن (هشام) هوى بمعوله مرة ثانية، وثالثة، ورابعة..

ثم ألقى المعول من يده، وانطلق يركض فوق الرمال..

لم يدر كيف حصل على كل هذه القوة، ولا كيف أمكنه أن يعدو بهذه السرعة، بعد أن تصوَّر أن جسده قد استنفد كل طاقاته..

ولم يدر حتى كم من الوقت ظل يعدو، إلا أن أنفاسه في النهاية لم تعد تحتمل، فسقط أرضًا، وراح يلهث في قوة، كما لم يفعل من قبل..

ومضى وقت طويل، قبل أن تهدأ أنفاسه وتنتظم، ويتراخى جسده وأعصابه المشدودة..

ثم تراخى جفناه..

تراخيًا طلبًا للنوم والراحة..

ولكن هيهات..

ولقد تناهى إلى مسامعه بغتة هدير محركات تقترب، فانتبهت حواسه كلها، وأسرع يحتمي بتبة قريبة، والهدير يعلو ويعلو ويعلو..

ثم أصبحت هذه المحركات على قيد خطوات منه، وارتفع هديرها قويًا، وغمرت الأضواء المكان، ولكنها ألقت مزيدًا من الظلال، على الجانب الذي يختفي فيه (هشام)، فغمغم هذا الأخير في خوف:

- لاريب أنها دبابات العدو، أو...

وفجأة أدرك أنه على حق، ولكنه أدرك هذا على نحو مرعب..

لقد ارتفعت أمامه بغتة مقدّمة دبابة هائلة، ارتفع جنزيراها على جانبيه، ثم مالا لتعبر الدبابة تلك التبة، التي يختبئ خلفها..

لتعبر فوقه..

✿✿✿

الفصل الثالث

لم ير (هشام) في حياته كلها، أو حتى في أحلامه، مشهدًا أكثر إثارة للرعب، من هذا المشهد..

دبابة هائلة تهوى فوق رأسه..

ولقد أطلق شهقة رعب، أخفاها هدير محرِّك الدبابة، التي مالت باتجاهه، وضربت الرمال بجنزيريها في عنف..

ولوهلة، تصور أن الدبابة قد سحقته، وهدير محرّكها يصمّ أذنيه، إلا أنه انتبه فجأة إلى أن العمر مازال ممتدًا به، ولم يكتب له الموت بعد؛ فقد هبط جنزيرا الدبابة على جانبيه، وواصلت الآلة العملاقة طريقها، دون أن يدري طاقمهما أنه قد ترك خلفه شابًا مصريًا نحيلًا، شاء له القدر أن يهزم الموت، تحت دبابة هائلة..

وتجمد (هشام) في مكانه، ورتل الدبابات يمر على جانبيه، دون أن ينتبه إليه إسرائيلي واحد..

وابتعدت الدبابات، ولكن (هشام) لم ينبس ببنت شفه، وإنما ظلّ يرتعد في موضعه، حتى ابتعد صوت الدبابات، وتلاشى في الأفق، فتمتم بصوت ارتجفت حروفه، حتى صار من العسير تبيّن معناها:

- يبدو أن لحظة انتقالك إلى العالم الآخر لم تحن بعد يا (هشام).

أراد أن يواصل طريقه نحو الشرق، إلا أن قدميه عجزتا عن حمله، فبقي راقدًا في مكانه، وحاول بأقصى جهده السيطرة على أعصابه..

وفجأة أشرقت الشمس..

وكلمة (فجأة) هنا، تنطبق على شعور (هشام) فقط..

أو على ما يذكره..

فقد أراد أن يسيطر على أعصابه، ولكن أعصابه هذه خانتة، وأسقطته فاقد الوعي، من شدة الإرهاق والتعب، فلم يستعد وعيه إلا والشمس تبرز في الأفق..

ولم يكد أوّل شعاع من الضوء يسقط على وجهه، حتى انتفض، وفتح عينيه، وهبّ جالسًا في ذعر، وهو يهتف:

- يا إلهي!!.. كيف استسلمت للنوم هكذا؟.. كيف تركت (طارق) هناك، يعاني الألم والجوع؟

اعتدل ينفض الرمال عن زيه المتهالك، ثم حمل زمزميته، وفتح غطاءها، ولم يكد يرفعها إلى شفتيه حتى توقَّف بغتة، وتطلع إلى كمية الماء الضئيلة داخلها، وغمغم:

- سيحتاج (طارق) إلى الماء حتمًا.

أعاد غطاء الزمزمية إلى موضعه، وثبتها إلى حزامه، ثم ملأ صدره بالهواء، وقال في حزم:

- على بركة الله.

ومضى يواصل طريقه نحو الشرق..

وعلى الرغم من جسده الضعيف، كانت عزيمته قادرة على شق الصحراء..

وصداقته قادرة على تحطيم المستحيل..

إلا أنه، وعندما أصبحت الشمس في كبد السماء، كان يترنح كالسكير، ويجرّ قدميه جرًا..

كان يحتاج إلى قطرة ماء، يروي بها ظمأه، إلا أنه بخل بها على نفسه، خشية أن يحتاجها صديق عمره..

وسقط (هشام) على ركبتيه..

لم يعد يستطيع المضي خطوة واحدة..

وفي أعماقه، راحت نفسه تهتف:

- لا تستسلم.. انهض.. انهض من أجل (طارق).. انهض.

تمتم في إعياء:

- نعم... من أجل (طارق).

بذل أقصى طاقته، حتى وقف على قدميه، ورفع بصره إلى الشرق..

ها هي ذي الممرات تبدو من بعيد..

ها هو ذا الهدف يتضح..

أم أن هذا مجرَّد سراب؟.

زاغت عيناه، وتساقطت عليهما قطرات العرق، فبدت الرؤية أمامه مهتزة مموجة، وخيل إليه أن طائرًا ضخمًا يتجه إليه، إلا أنه لم يلبث أن سمع هدير محرِّك هذا الطائر الضخم، فمد أصابعه يمسح حبات العرق عن عينيه، وهنا لاح له الطائر على حقيقته..

لاح على هيئة هليوكوبتر حربية صغيرة، تحمل على جانبها نجمة سداسية زرقاء..

نجمة إسرائيلية..

✿✿✿

لم يكد راكبا الهليوكوبتر الإسرائيليان يلمحان (هشام)، في زي جندي مصري، حتى ارتسمت على شفتيهما ابتسامة ساخرة، وأشار أحدهما للآخر بالهبوط، وإثارة رعب هذا المصري قليلًا، قبل التقاطه كأسير..

لقد كانا قد اعتادا العبث على هذا النحو، منذ فقد الجيش المصري سلاحه الجوي، وتبعثر جنوده في الصحراء، بأمر انسحاب غير مدروس.

كل ما يختلف في رأيهما، في حالة (هشام)، هو موضعه، فالمفروض – حسب علمهما – أن هذه المنطقة قد خلت تمامًا من المصريين..

ولكن الجنديين لم يتوقفا طويلًا عند هذه النقطة، بل تجاوزاها في سرعة، وهبطا ليثيرا خوف (هشام)، وأطلقا رصاصات الهليوكوبتر حوله..

ولكن (هشام) لم يتحرَّك..

لم يعد قادرًا على أن يفعل..

لقد استنفر طاقته كلها من أجل (طارق)، ولكنه يعجز عن بذل حركة واحدة، من أجل نفسه..

وسقط (هشام) مرة أخرى على ركبتيه..

وانهمرت قطرة دمع كبيرة من عينيه..

لم يبك لخوفه من هؤلاء الإسرائيلين، وإنما بكى؛ لأن التعب قد بلغ منه مبلغه، وأجبره على السقوط أمامهما، ولأن مصرعه سيترك صديق عمره بلا نصير أو صديق..

ومرة أخرى، أجبر كل عضلاته على النهوض، حتى لا يجثو على ركبتيه أمام زوج من الأحذية الإسرائيلية..

وخيل إليه أنه قد فقد كل مشاعره..

تحول إلى آلة، كل عملها هو أن تقف صامدة، حتى والرصاصات تنهمر حولها.

وهتف أحد الإسرائيلين بدهشة:

- عجبًا!!.. إنه لا يبالي بالرصاصات.

عقد الثاني حاجبيه، وهو يقول في حدة:

- إنه إما أشجع رجل عرفته، في حياتي كلها، أو رجل فقد عقله من شدة الخوف.

ابستم زميله، وقال:

- هيا نهبط لانتشاله، وسنجد لديه الجواب حتمًا.

هبطت الهليوكوبتر على قيد أمتار من (هشام)، الذي لم يستطع إلا إغماض عينيه، تفاديًا لسحابة الرمال، التي أثارتها مروحة الهليوكوبتر، حتى شعر بفوهة مدفع آلي تضرب جنبه، وسمع صوتًا غليظًا يقول:

- ارفع يديك أيها المصري.. أنت أسيرنا.

غمغم (هشام):

- يمكنك أسري كما تشاء، ولكنني عاجز عن رفع يدي.

دفعه الجندي بمدفعه في ظهره، وقال:

- تقدم إذن نحو الهليوكوبتر.

كادت تلك الدفعة أن تلقيه على وجهه، لولا كرامته، التي تشبث بها، فعاونته على دفع قدميه إلى الأمام، نحو الهليوكوبتر، لم يكد يبلغها حتى أمسك قائمها، وألقى جسده داخلها، فغمغم قائدها ساخرًا:

- ماذا أصابك أيها المصري؟.. هل قطعت (سيناء) كلها سيرًا على قدميك؟

غمغم (هشام):

- شيء من هذا القبيل.

قفز الإسرائيلي الثاني داخل الهليوكوبتر، وتحدث إلى قائدها بكلمات عبرية، قهقه بعدها الطيار، وقال بالعربية:

- زميلي يقول إنك أضعف جندي رآه في عمره كله.

تمتم (هشام):

- يضع سره في أضعف خلقه.

عقد الطيار حاجبيه، وقال:

- ماذا تعني؟

تهالك (هشام)، وهو يجيب:

- لا عليك.. إنه مجرد مثل شعبي مصري.

مط الطيار شفتيه في امتعاض، وضغط أزرار قيادة الهليوكوبتر، وجذب عصا القيادة، وارتفع بالهليوكوبتر في بطئ، في حين صوّب رفيقه فوهة مدفعه الآلي إلى (هشام) في تراخ، وكأنما أدرك أن هذا الأخير قد بلغ درجة من الضعف والإنهاك، تمنعه من إتيان أي عمل هجومي، أو دفاعي..

أما (هشام) نفسه، فقد ترك جسده يتراخى، وهو يشعر بمرارة شديدة في أعماقه..

لقد خسر لعبته كلها..

وفقد صديقه..

لم يستطع الذود عن صديقه، عندما احتاج إليه هذا الصديق..

كان هذا أكثر ما يؤلمه..

أغلق عينيه في مرارة، وهو يحاول أن يبعد عنهما صورة (طارق)، الشاحب الوجه، الراقد بين صخرتين كبيرتين، في ممر (متلا)..

وعلى الرغم منه، انحدرت من عينيه قطرة دمع، بلّلت وجنته، ثم سقطت على راحته..

قطره حملت كل حزنه ولوعته، وسالت بين أصابعه، لتبلّل أرضية الهليوكوبتر بنقطة باهتة، لم تلبث حرارة الشمس أن ذهبت بها بلا عودة..

وبينما كان (هشام) يجترّ أحزانه، زفر الطيار في حنق، وهو يقول:

- يا لحرارة هذا الصيف!

ومسح العرق الذي يغطي جبهته بيده، ثم نفض قطراته على زجاج الهليوكوبتر، وهو يلتقط مسماع جهاز اللاسلكي، ويقول:

- هنا (ابن إليعازر).. معنا أسير مصري جديد، ونحن الآن في طريق العودة إلى العش الرئيسي، ونعبر في هذه اللحظة ممر (متلا)، و...

لم يسمع (هشام) باقي العبارة، فقد شحذت الكلمة الأخيرة حواسه بغتة، ودفعت أطنانًا من الحماس إلى عروقه..

إنهم يعبرون الآن ممر (متلا)..

حيث (طارق)..

وبدون تفكير دفع (هشام) ظهره بقوة في مقعده، ثم رفع قدميه وضربها في ظهر مقعد الطيار، الذي اندفع إلى الأمام، وأمال عصا القيادة بالتبعية، وهو يصرخ:

- ماذا تفعل أيها المجنون؟

مالت الهليوكوبتر إلى أسفل في حدة، وهوت نحو الممر، وسقط الجندي الآخر عن مقعده، وصرخ:

- أيها المصري ال.....

قبل أن يتم عبارته، كان (هشام) يدفعه بيديه، بكل ما سرى في عروقه من قوة، فاختل توازن الجندي، وهتف:

- ماذا حدث لك أيها ال....؟

ولكنه فجأة أدرك أن باب الهليوكوبتر خلفه تمامًا..

أدرك هذا، عندما وجد جسده يندفع خارج الهليوكوبتر..

ويهوى..

وانطلقت صرخة الإسرائيلي، وهو يسقط من الهليوكوبتر، ويرتطم بصخور ممر (متلا)، ثم يقطع الأمتار الباقية في صمت، ويرتطم برمال (سيناء)..

أما الجندي الآخر، الذي يقود الهليوكوبتر، فقد جذب عصا القيادة بكل قوته، وهو يصرخ:

- لقد قتلته أيها المصري.. قتلته أيها ال..

لم يعد هناك مجال للتراجع، لذا فقد دفع (هشام) الطيار في ظهره مرة أخرى، ورأى الصخور تقترب مرة ثانية، والطيار يبذل أقصى جهده للسيطرة على الهليوكوبتر، صارخًا:

- أي مجنون هذا؟!.. أي أحمق؟!..

ثم ارتطمت مروحة الهليوكوبتر بالصخور، وانجرفت في عنف، ثم هوت نحو الرمال بسرعة مذهلة..

عندئذ فقط أدرك (هشام) ما فعله بنفسه.

لقد انتحر..

✿✿✿

الفصل الرابع

لا تسألوني كيف نجا (هشام)..

لا تسألوني كيف وجد نفسه سليمًا معافى، يرقد فوق رمال (سيناء)، بعد أن هوت الهليوكوبتر كالحجر، وارتطمت بهذه الرمال بكل عنف..

كل ما يذكره هو ذلك الرعب الهائل، الذي ملأ كيانه، وسيطره على كل حواسه، مع سقوط الهليوكوبتر، حتى أنه أغمض عينيه في قوة..

ثم حدث الارتطام..

ووجد جسده يطير في الهواء، ثم يهبط على الرمال، كما لو أن يدًا حانية قد حملته في رفق، وأرقدته فوق رمال وطنه في حرص..

لا تسألونني لماذا لم يتحطم جسده، كما حدث للطيار الإسرائيلي، فأنا لا أعرف الجواب..

ولا حتى (هشام) يعرفه..

الكلمة الوحيدة، التي تضع تفسيرًا لما حدث، هي القدر..

القدر الذي لم يعلن بعد انتهاء حياة (هشام)، على هذه الأرض..

المهم أنه قد نجا، أيًا كانت الأسباب، ووجد نفسه يرقد سليمًا معافى على الرمال، وعلى بعد أمتار منه تشتعل النيران في الهليوكوبتر..

ولربع ساعة كاملة، بقى (هشام) راقدًا على رمال (سيناء)، مغلقًا عينيه، ومسترخيًا تمامًا، وقرقعة النيران، التي تلتهم الهليوكوبتر تملأ أذنيه..

نهض مستعيدًا كل حيويته ونشاطه، كما لو أن هذه الدقائق قد امتصت كل تعبه وتوتره..

وفي بطئ، رفع (هشام) عينيه إلى أعلى ذلك المرتفع الصخري، الذي يصنع أحد جانبي الممر، وغمغم:

- اطمئن يا (طارق).. اطمئن يا صديقي العزيز.. أنا في الطريق إليك.

وبدا يتسلق جدار الممر..

✿✿✿

جهد هائل، ذلك الذي بذله (هشام)، وهو يتسلَّق الجدار الصخري بذراعيه النحيلين، وأصابعه التي لم تعتد سوى لمس أصابع البيانو، وإطلاق النغمات العذبة..

جهد هائل، لم يكن هو نفسه يتصوَّر قدرته على القيام به..

ولكنه فعله..

كان كلما أنهكه التعب يتذكر صديقه (طارق)، وحاجته إليه، فيدفع جسده دفعًا للاستمرار والمواصلة..

حتى يبلغ القمة..

لم يكد يبلغها حتى سقط فوقها، وراحت أنفاسه تتلاحق في صعوبة، وصدره يعلو ويهبط كشخص يفارق الحياة..

ومضت دقائق طويلة، قبل أن تهدأ أنفاسه، وينهض جالسًا، ويدور بعينيه فوق القمة..

ثم انتفض جسده كله في انفعال..

ها هو ذا موضع (طارق)..

ها هماتان الصخرتان، اللتان رآهما في حلمه..

اندفع دون تردد نحو الصخرتين، ولم يكد يبلغهما، حتى ارتفعت من بينهما يد منهكة، تحمل مسدسًا كبيرًا، مصحوبة بصوت حاول صاحبه أن يبثه أكبر قدر من الحزم والخشونة، وهو يقول:

- ابرز هويتك يا رجل.. مصري أنت أم إسرائيلي؟.. انطقها بسرعة، فلن أنتظر حسم الأمر طويلًا.

اختلج قلب (هشام)، عندما تعرف الصوت، وانحنى بسرعة يلقي نظرة على ذلك الوجه، الذي طال شوقه لرؤيته، وهو يقول:

- (طارق).

قالها بكل لهفة الدنيا وفرحتها، واتسعت عينا (طارق) في ذهول، وهو يهتف:

- (هشام)؟!.. مستحيل!

ترنح (هشام)، وهو يقول في سعادة:

- تمامًا كما رأيتك يا (طارق).. حمد لله أنني وجدتك.. حمدا لله

ثم ألقى نفسه بين ذراعي صديقه..

أو بمعنى أدق، سقط بينهما...

سقط فاقد الوعي..

✿✿✿

كانت الشمس تغرب في الأفق، عندما استعاد (هشام) وعيه، ولم يكد يفتح عينيه، ويطالعه وجه (طارق) الشاحب، حتى ابتسم في ارتياح، وغمغم:

- أخيرًا التقينا يا (طارق).

مسح (طارق) العرق الغزير، الذي يغطي جبين صديق عمره، وهو يقول في لهجة تجمع ما بين الحنان والعتاب:

- ماذا فعلت أيها المجنون؟.. لماذا عدت إلى هنا؟

نهض (هشام) جالسًا، وهو يجيب:

- لم أكن لأتركك هنا وحدك.. أكنت تفعل، لو كنت مكاني؟

هزَّ (طارق) رأسه نفيًا، وهو يطالع وجه صديقه في امتنان، ثم سأله في خفوت، وكأنما يخشى أن تهزمه مشاعره، لو ارتفع صوته قليلًا:

- ولكن كيف عرفت أنني هنا؟

ابتسم (هشام)، وأجاب:

- هل تذكر هؤلاء الصبية، والبيانو الصغير؟

أومأ (طارق) برأسه إيجابًا، وغمغم:

- نعم.. بالتأكيد.

ثم ناول (هشام) نفس الزمزمية القديمة، التي كان يحملها في حزامه طيلة الوقت، وقال:

- هيا.. ارو ظمأك بجرعة ماء، من الواضح أنك تحتاج إليها.

قال (هشام) معترضًا:

- لا.. لقد حملتها طوال الطريق من أجلك.. إنك لم تجرع الماء منذ زمن.. أليس كذلك؟

ربت (طارق) على كتف صديقه، وتمتم:

- سنقتسم هذا الماء إذن يا صديقي.. كما نفعل دائمًا.

اقتسما الماء بالفعل، ثم استرخى (طارق) إلى جوار زميله، وسأله:

- كيف وصلت إلى هنا؟

روى له (هشام) كل ما حدث، منذ بدأ مسيرته نحو الشرق، وحتى التقيا، فتطلّع إليه (طارق) في دهشة، وقال:

- أنت يا (هشام)؟!.. أنت فعلت كل هذا؟!..

أمسك (هشام) يد صديقه، وابتسم قائلًا:

- لقد فعلته من أجلك يا صديقي.. إنني أحاول سداد جزء من ديوني لك.

قال (طارق) في دهشة:

- أية ديون؟

ابتسم (هشام) في امتنان، وهو يقول:

- ألم تدافع عني طوال عمر صداقتنا؟.. ألم تكن دائمًا الدرع والسيف لي؟

هتف (طارق) معترضًا:

- من أوحي لك بهذه الفكرة العجيبة؟.. إننا صديقان يافتى، ولا توجد ديون بين الأصدقاء.

ضغط (هشام) يده مرة أخرى، وهو يغمغم في لهجة، لا يشدو بها اللسان إلا مع صديق:

- بالتأكيد.

تطلع إليه (طارق) لحظة في صمت، وبدا وكأنه يرغب في قول شيء ما، ثم لم يلبث أن أشاح بوجهه، وأشار إلى فجوة بين الصخرتين، تسمح برؤية أسفل الممر، وقال:

- لقد حضر الإسرائيليون، وحملوا جثتي الجنديين، اللذين صرعتهما أنت، وفتشوا المنطقة بحثًا عمن قتلهما، ثم انصرفوا، ولاشك أنهم سيعودون لوضع حراسة على الممر، مع مشرق شمس الغد، وعندئذ ستصبح مغادرة هذا المكان ضربًا من المستحيل.

قال (هشام) في حزم:

- هذا يعني أن نبدأ رحلة العودة الآن.

أجابه (طارق) في صرامة:

- بل أن تبدأها وحدك.

سأله في دهشة:

- ماذا تعني يا (طارق)؟

أجابه (طارق) في حدة:

- أعني أنني لم أبق هنا، خوفًا من مواجهة الإسرائيلين، وإنما بقيت بسبب ساقي المصابة، وعظمة الساق المكسورة، وهذا يعني – بكل بساطة – أنني عاجز عن الحركة، ويعني أيضًا أن الفرصة الوحيدة للفرار من هنا، هي أن تفر وحدك.. هل فهمت؟

ران عليهما الصمت لحظات، و(هشام) يتطلع إلى وجه صديقه، قبل أن يقول في حسم:

- لا.. لم أفهم.

صاح به (طارق):

- اسمعني جيدًا يا (هشام)...

ولأول مرة في حياته، قاطعه (هشام)، وهو يقول:

- بل اسمعني أنت يا (طارق).

ألجمت لهجته الصارمة (طارق)، فتطلع إليه في دهشة، وهو يستطرد

- إنني لم أقطع المسافة من قلب (سيناء) إلى هنا، بدلًا من أن أتبع الجميع إلى شاطئ القناة، لكي تطلب مني أن أتركك، وأعود وحدي.. لا يا صديقي.. فلتعلم إذن أنني أفضل الموت معك، على أن أتركك وأنجو بنفسي.. كيف تتصورني أواجه نفسي في المرآة، أو حتى في أحلامي، إذا ماتركتك وحدك هنا، وسعيت لإنقاذ حياتي فقط؟

قال (طارق):

- أؤكد لك أن الإسرائيليين لن يحاولوا قتلي، بل سيكتفون بأسري، و...

قاطعه (هشام) بلهجة أشد حسمًا هذه المرة:

- فليأسروننا معًا.

وتطلع نحو الأفق، حيث غربت الشمس، مستطردًا بكل إصرار الدنيا وعنادها:

- أو ننجو معًا.

وانحسم النقاش..

✿✿✿

الفصل الخامس

على الرغم من الآلام، التي يشعر بها، لم يملك (طارق) إلا أن يبتسم، وهو يتطلّع إلى (هشام) ببنيته الضئيلة، وقد انهمك في صنع محفّة من بقايا أخشاب وحبال، وراح يستخدم كل ما يعثر عليه، وسط حطام المعسكر، الذي كان يضمّ بعض رفاق (طارق)، فوق القمة، قبل الهجوم الإسرائيلي، وبصوت شاحب كوجهه، غمغم (طارق):

- أين تعلمت كل هذا؟

ابستم (هشام)، والعرق يغمر وجهه، وأجاب:

- من الكتب.

تطلّع إليه (طارق) في مودة، وهو يقول:

- عجبًا!.. وهل تفيد القرءاة إلى هذا الحد؟. لقد صنعت جبيرة لقدمي المكسورة، باستخدام قطعتين من الخشب، وخيط متين، والآن تصنع محفة، ورافعة بدائية.. فيم تتصور استخدامها إذن؟

أجابه (هشام):

- في إنزالك من هنا.

حدّق (طارق) في الرافعة بدهشة، ولم يمكنه أبدًا أن يصدِّق أن قائمين من الخشب يمكنهما إنزاله من قمة الممر لضخامة جسده، وخاصة عندما يقف إلى جوارهما شخص ضئيل الحجم كـ(هشام)، فهتف مستنكرًا:

- هذه؟!

اعتدل (هشام)، ومسح عرقه بكفه، وأجابه في بساطة:

- نعم.. فهي رافعة من النوع الثاني، يكون فيها ذراع القوة أطول من ذراع المقاومة، وبهذا لا يحتاج المرء إلا لبذل جهد صغير، في سبيل رفع جسم كبير، ولقد صنعتها على نحو يتيح لي إدارتها بعد وضعك على المحفة، و...

قاطعه (طارق) في قلق:

- مهلًا.. هل سيمكنك أن تفعل كل هذا وحدك؟

هتف (هشام) في حماس:

- بالتأكيد.

كان (طارق) يعلم أن صديقه يكابر، إلا أنه لم يكن يملك الاعتراض، فلقد كشف – لأول مرة – كم يمتلك (هشام) من عناد وإصرار، أخفتهما طبيعته الرقيقه، وأصابعه المرنة على أصابع البيانو، سنوات وسنوات..

ولقد لاذ (طارق) بالصمت، واكتفى بمراقبة صديقه، الذي نقله في رفق إلى المحفّة، ثم ثبتها إلى أحد ذراعي الرافعة، وانتقل إلى الذراع الأكثر طولًا، وبدأ يرفعه بالمخفة، ويديرها إلى حافة الجدار الصخري، حتى أصبح (طارق) معلقًا بمحفته في الهواء..

كان من الواضح أن (هشام) يبذل مجهودًا هائلًا، يفوق احتمال جسده النحيل بمراحل، على الرغم من وجود تلك الرافعة، التي تعاونه، إلا أن ذلك المزيج من الإصرار والحزم، الذي يكسو وجهه، كان يشير إلى قدرته على مواصلة العمل، حتى آخر رمق..

وبلهجة يغلب عليها الحنان، وتلهث حروفها تعبًا، قال (هشام):

- الآن ستبدأ مرحلة الهبوط.. اغلق عينيك يا صديقي، واسترخ تمامًا.

قالها وبدأ التنفيذ بالفعل..

وبدأ جسد (طارق) يهبط بالمحفّة، وهذا الأخير صامت، يمتلئ قلبه بالقلق على رفيق عمره، ويمتلئ عقله بالتساؤل..

فحتى بالنسبة إليه هو، كرجل قوات خاصة محنك، تلقى تدريبات بالغة الدقة، كانت المهمة تبدو عسيرة، فماذا لو قام بها شاب مرهف الحس، رقيق البدن، مثل (هشام)؟!..

أما (هشام)، فقد توقف عقله عن التفكير تمامًا، في تلك اللحظات، وسمح لكل طاقته ودماءه بالذهاب إلى عضلاته، التي انقبضت عن آخرها، وهو يلعب دور محرِّك المصعد، ويحاول إنزال صديقه على الرمال في رفق..

وخيل إليه أن الهبوط استغرق دهرًا، وأن عضلاته ستنهار بعد لحظات، قبل أن يتلاشى انقباض هذه العضلات بغتة، ويتراخى الحبل، الذي يربط المحفة إلى الرافعة..

وهنا.. هنا فقط.. ترك (هشام) جسده يتهالك بين الصخور..

لقد بلغ صديقه الرمال، وأصبح من حقه هو أن يحصل على قدر من الراحة..

لم يكد يستكين لهذا الخاطر، ويسمح لجسده بالاسترخاء لحظة، حتى صرخ جزء من عقله يستنكر هذا..

كيف يسترخى، وصديقه وحده بالأسفل، عاجز عن الحركة؟!..

ماذا لو هاجمه جندي من الأعداء، أو حتى ذئب جائع؟..

أعادت إليه الفكرة شيئًا من قوته، فهب من مكانه، وأسرع يهبط الجدار الصخري..

وكان الهبوط أكثر سرعة وسهولة من الصعود..

وما هي إلا دقائق، حتى وجد نفسه إلى جوار (طارق)، الذي رقد صامتًا فوق المحفّة، التي استقرت على الرمال، فانحنى نحوه، وسأله:

- أأنت بخير؟

أجابه (طارق) بإيماءة من رأسه، وتمتم في شحوب:

- حمدًا لله.

جلس (هشام) إلى جواره، وضم ركبتيه إلى صدره، وأحاطهما بذراعيه، ثم ألقى رأسه عليهما، وصمت طويلًا، في محاولة لالتقاط أنفاسه، واستعادة قوته..

واحترم (طارق) صمته، فلم ينبس ببنت شفه، طوال نصف ساعة كاملة، بدا له خلالها أن (هشام) قد استغرق في النوم، وهو على هذا الوضع، حتى انتفض (هشام) بغتة، وهتف:

- يا إلهي!.. هل استسلمت للنوم؟

أجابه (طارق) مشفقًا:

- قليل من الوقت فحسب.

نهض (هشام) ينفض الرمال عن ثوبه، وهو يقول في توتر:

- لا ينبغي أن نضيع الوقت.. هيا.. ستبدأ رحلة العودة على الفور.

سأله (طارق) في مرارة:

- كيف؟

هتف وهو يحلّ الحبل، الذي يربط (طارق) إلى المحفّة:

- ماذا تقصد بكيف؟.. إننا سننطلق إلى الغرب، حتى لو اضطرنا الأمر إلى قطع المسافة على الأقدام، و...

انتبه بغتة إلى قدم صديقه المكسورة، فانحبست الكلمات في حلقه، واحتقن وجهه لحظة، غمغم (طارق) خلالها:

- ألم أقل لك؟

جلس (هشام) إلى جوار صديقه، وغمغم في توتر:

- هناك وسيلة حتمًا.

ثم أمسك يد (طارق) بغتة، وأضاف في حسم:

- اسمع يا (طارق).. إننا نؤمن بالله (سبحانه وتعالى)، ولو أنه كتب لنا الحياة، فسنجد الوسيلة حتمًا، أو...

أمسك (طارق) يده فجأة، وهو يقول:

انصت.

أرهف (هشام) سمعه لحظات، ثم سأله في قلق:

- ما المفروض أن أسمعه؟

أجابه (طارق) في انفعال:

- سيارات.. سيارات تقترب من الشرق.

لم يكد ينطقها، حتى بلغت أصوات المحركات مسامع (هشام)، فتمتم في هلع:

- يا إلهي!..

وأسرع يحمل رفيقه من تحت أبطيه، ويجذبه فوق الرمال، إلى الصخور الضخمة، عند قاعدة الجدار الصخري، و(طارق) يقول:

- إنهم الإسرائيليون.. لقد قرروا وضع فرقة حراسة على الممر.

أخفى (هشام) جسد صديقه خلف صخرة كبيرة، ثم أسرع عائدًا إلى المحفّة، فأخفاها بالرمال، في نفس الوقت الذي بدت فيه مصابيح السيارات، فأسرع عائدًا إلى حيث ترك صديقه، وانكمش إلى جواره يلهث، وكلاهما يختلس النظر، من فرجة خلف الصخرة، إلى بداية الممر..

ووصلت فرقة الحراسة..

وكان من الواضح أنها فرقة مؤقتة، أو أن ثقة الإسرائيلين بنصرهم كانت أكثر مما ينبغي، حتى أنهم وجدوا مثل هذه الفرقة الصغيرة كافية، لحراسة ممر حربي هام، مثل ممر (متلا)؛ إذ كانت الفرقة

تتكون من أربع سيارات، من نوع الجيب، تضم عشرين جنديًا، ودبابة واحدة، بطاقم من أربعة أفراد..

وفور وصول الإسرائيليين، بدأوا في إعداد معسكرهم، وأشعلوا بعض النيران، على قيد أمتار من سيارتهم، وجلسوا يتسامرون ويتمازحون، فغمغم (طارق):

- يا للأوغاد!

أما (هشام) فقد بقى صامتًا، يتطلَّع إلى الموقف لحظات، ثم التفت إلى صديقه، يسأله:

- ألديك أسلحة أخرى، بخلاف هذا المسدَّس؟

سأله (طارق) مستنكرًا:

- لماذا؟.. هل تفكر في مقاتلتهم وحدك؟

ابستم (هشام) في شحوب، وهو يقول:

- وهل يبدو لك هذا منطقيًا؟

تطلَّع إليه (طارق) لحظة في صمت، قبل أن يجيب:

- لا يمكنني الجزم.

صارت ابستامة (هشام) أكثر شحوبًا، وهو يقول:

- حسنًا.. أخبرني ماذا لديك، وستفهم ما أقصده فيما بعد.

أفرغ (طارق) جيوبه، وقال:

- لقد نفذت ذخيرتي تقريبًا، وكل ما لدي مسدس تحوي خزانته أربع رصاصات، وعلبه أعواد ثقاب، وزمزمية فارغة، وبعض قطع السكر.

قال (هشام) في اهتمام:

- حسنًا.. احتفظ بالمسدس، وأعطني الباقي.

سأله (طارق) في حدة:

هل ستقاتل دستتين من الأعداء، بزمزمية فارغة، وعلبة أعواد ثقاب؟

رفع (هشام) سبابته أمام وجهه، وقال:

- وبعض قطع السكر.

هتف (طارق) في صوت خافت:

- هل جننت؟

ربت (هشام) على كتف صديقه مهدئًا، وهو يقول في رفق:

- لا ياصديقي.. صدقني.. إنني أعلم جيدًا ما الذي يمكنني فعله.. سأشن على هؤلاء الأعداء حربًا غير متوقعة.

وابتسم في شحوب، مستطردًا:

- حرب كيميائية.

تطلع إليه (طارق) في دهشة، فربَّت على كتفه مرة أخرى، وقال:

المهم الآن أن نزحف معًا، حتى نبلغ أقصى نقطة في الممر غربًا، وبعدها حاول أن تستند إلى صخرة كبيرة، وتقف متأهبًا، حتى أعود إليك.

أمسك (طارق) يده في قوة، وسأله في توتر:

- أخبرني أولًا ماذا ستفعل؟

عادت إلى (هشام) ابتسامته الشاحبة، وهو يقول:

- ألم أقل لك يا صديقي؟.. إنها الحرب.. الحرب الكيميائية.

ولم يفصح عن أكثر من هذا..

❀ ❀ ❀

الفصل السادس

من المؤكد أن الإسرائيلين كانوا مفعمين بالثقة والزهو، بعد ذلك الانتصار الساحق، الذي حققوه في حرب خاطفة، حتى أنهم عندما التفوا حول النار يتسامرون، لم يحاولوا ترك أحدهم لحراسة السيارات الأربع أو الدبابة؛ لذا فقد استطاع (هشام) التسلّل إلى حيث السيارات في سهولة، وهناك فتح خزان وقود إحدى السيارات، ثم مزق كم قميصه، وأدلاه في خزان الوقود، وتركه لحظات، حتى تشبع به، ثم جذبه في رفق، وراح يصفي الوقود السائل من كم القميص، داخل الزمزمية الفارغة، حتى اعتصر الكم تمامًا، ثم كرر العملية أكثر من مرة، إلى أن امتلأت الزمزمية بالبنزين حتى آخرها، فأغلقها بقطعة من القماش المبلل بالبنزين، اقتطعها من كم قميصه الممزق، وبعدها ألقى قطعتين من السكر داخل خزان الوقود، وانتقل إلى سيارة ثانية، وفعل بها المثل، ثم إلى الثالثة، كذلك فعل بخزان وقود الدبَّابة، وترك فقط سيارة واحدة، دون أن يفعل بها هذا..

وألقى (هشام) نظرة ثانية على الإسرائيلين، الذين ارتفعت ضحكاتهم وسط الظلام، وغمغم:

- الآن حانت لحظة الجد.

وأشعل أحد أعواد الثقاب، وأشعل منه قطعة القماش المبلَّلة بالبنزين، في غطاء الزمزمية، ثم ألقى الزمزمية نحو الدبَّابة..

ودوى الانفجار يشق سكون الليل في المنطقة..

انفجرت الزمزمية، بكل الوقود داخلها، وتساقط البنزين المشتعل على الدبابة، فهب الإسرائيليون مذعورين، وحمل كل منهم سلاحه، وهم يتجهون بأبصارهم إلى الدبابة المشتعلة..

وهنا انطلق (هشام) من خلف ظهورهم، إلى السيارة الوحيدة التي لم يضع قطع السكر في خزان وقودها، وقفز داخلها، وشكر للإسرائيلين ذلك الاستهتار، الذي جعلهم يتركون مفاتيح القيادة في موضعها وأدار المحرك..

وهنا فقط انتبه إليه الإسرائيليون، وصرخ أحدهم بالعبرية، واستدارت إليه فوهات مدافعهم الآلية، في نفس اللحظة التي انطلق فيها بالسيارة عبر الممر..

وشعر (هشام) بالرصاصات تنهال حوله كالمطر، وسمع بعضها يرتطم بجسم السيارة، ولكنه لم يتوقف، بل زاد من سرعته، حتى بلغ نهاية العمر، حيث كان (طارق) يستند إلى صخرة كبيرة، وقد ازداد وجهه شحوبًا، فقفز (هشام) من السيارة، وعاونه على ركوبها، وهو يقول:

- لقد نجحنا يا صديقي.

تطلَّع إليه (طارق) في ذهول، وقال:

- كيف فعلتها؟

أجابه (هشام) وهو يعود للقفز داخل الجيب:

- لقد استخدمت كل ما حصلت عليه منك.

وانطلق بالسيارة مبتعدًا، دون أن يضيف حرفًا...

وفي نفس اللحظة، كان الإسرائيليون يقفزون داخل سياراتهم، ويديرون محركاتها، لمطاردة (طارق) و(هشام)..

ولكن المحركات أطلقت زئيرًا عنيفًا، وارتجَّت السيارات في قوة، ثم توقفت المحركات تمامًا..

وأصيب الإسرائيليون بالذهول..

ماذا أصاب سيارتهم؟..

ما الذي فعل هذا؟..

***

"السكر".

نطقها (هشام) في انفعال، وهو يركز كل طاقته على الابتعاد بالسيارة، والانطلاق بها نحو الغرب، فسأله (طارق) في دهشة:

- وما الذي يفعله السكر؟

أجابه (هشام):

- إنه يتفاعل مع البنزين، فيمنع عملية احتراقه، ويفسد المحرك.. لقد قرأت هذا، في أحد الكتب العلمية.

هتف (طارق) في دهشة:

- قرأته؟!

واستند إلى مقعده، وهز رأسه في حيرة، ثم قال:

أتعلم يا (هشام)؟.. إذا ما كتبت لنا النجاة بعد كل هذا، ونجحنا في العودة إلى الوطن، سأولي اهتمامًا أكبر إلى القراءة.

قال (هشام) في حماس:

- سنعود يا صديقي.. سنعود بإذن الله (سبحانه وتعالى).

كان ذلك الانتصار المحدود، الذي حققه، قد بعث في نفسه نشوة عجيبة، أزالت كل ضعفه وتهالكه، وبثت في عروقه حماسًا لم يعرف مثله، في عمره كله..

لقد عثر على صديقه..

وهذا يكفيه..

وطوال ساعتين كاملتين، انطلق (هشام) بالسيارة عبر الصحراء، في اتجاة الغرب، دون أن ينبس ببنت شفة، أو يتحدث إلى (طارق)، الذي أرخى جفنيه، ولاذ بالصمت بدوره، وإن عجز عن اجتلاب النوم، في مثل هذه الظروف..

وأخيرًا بدأت الشمس تشرق خلفهما، فغمغم (هشام):

- من المدهش أننا لم نلتق بأية مدرعات للعدو، طوال الطريق من الممرات إلى هنا.

تمتم (طارق):

- بل هي معجزة.

لم يكد يتم عبارته، حتى برزت أمامها دبابة إسرائيلية، صعدت من خلف تل قريب، ثم اعتدلت، وصوبت مدفعها إلى سيارتهما مباشرة، فقال (طارق):

- توقف يا (هشام)، فلن يتردّد هذا الوغد عن نسفنا، لو لم نفعل.

لم يتوقف (هشام)، وإنما واصل سيره، محاولًا الابتعاد عن فوهة مدفع الدبابة، وهو يقول في توتر بالغ:

- ربما ظننا من الإسرائيلين، لأننا نقود (جيب) إسرائيلية.

ولكن مدفع الدبَّابة تابعهما في إصرار، فقال (طارق) في حدة:

- قلت لك توقف.. إنه يعلم أننا لسنا من رفاقه.. هذا واضح ولكن (هشام) قال في عناد:

- يمكننا أن نحاول، و...

انطلق مدفع الدبابة ليبتر حديثه، وانفجرت القنبلة على قيد متر واحد من مقدمة السيارة، التي أوقفها (هشام) بضغطة عنيفة على الكامح، في حين قفزت الرمال إلى وجهه وكست السيارة بغلاف أصفر سميك، قبل أن تدفع يد معروقة كوة الدبابة، ويصعد منها ضابط إسرائيلي، صوَّب إلى السيارة مدفعة الآلي، وقال في صرامة:

- الطلقة القادمة ستنسفكما نسفًا أيها المصريان.

لم ينبس (طارق) أو (هشام) ببنت شفة، وإنما لاذا بالصمت التام، وشعور بالمرارة يملأ حلقيهما، في حين استطرد الضابط:

- لقد أبلغنا رفاقنا لا سلكيًا بما فعلتموه عند الممر، وطلبوا منا البحث عنكما، وإلقاء القبض عليكما، وإعادتكم إليهم.. ومن حسن حظنا أن وجدناكما، وإن كنت لا أنوي الالتزام تمامًا بما طلبه الرفاق.

ثم صوَّب مدفعه إلى رأسيهما، مستطردًا:

- سأقتلكما هنا، وينتهي الأمر.

انتقلت عينا (هشام) في قلق إلى سبابة الإسرائيلي، ورآها تعتصر زناد المدفع الآلي في بطئ..

وأدرك أن الموت آت..

آت لاريب..

✿✿✿

لو قُدّر لـ(طارق) و(هشام) أن يرويا قصتهما، من هذه النقطة، لاتفقا على أن ما حدث في اللحظة التالية، كان أقرب إلى المعجزة، أو هو أشبه بأحداث فيلم سينمائي محبوك، تعتمد أحداثه على سلسلة من المفارقات المتتابعة، ففي نفس اللحظة التي صوب فيها الإسرائيلي مدفعه إليهما، وهم بإطلاق نيرانه على رأسيهما، انطلقت بغتة رصاصة من مكان ما، واخترقت جانب رأس الضابط، الذي جحظت عيناه، وارتمى رأسه إلى الجانب المعاكس، ثم سقط كله خارج الدبَّابة كالحجر..

وفي نفس اللحظة برز من بين الرمال رجل يرتدي الثياب البدوية، وقفز يعتلي الدبَّابة، ثم ألقى داخل برجها المفتوح قنبلة يدوية، ووثب بعيدًا عنها في ثانية واحدة..

وانبعث من داخل الدبابة صرخة هلع..

ثم انفجرت القنبلة بدوي مكتوم..

وارتجت الدبابة في قوة، ثم استكانت على الرمال، والدخان يتصاعد من برجها في كثافة..

وفجأة ظهر عدد من البدو، كما لو أنهم نبتوا بغتة من قلب الرمال، وأسرع أحدهم نحو السيارة، ومد يده يصافح (طارق) و(هشام) وهو يقول:

- حمدًا لله على سلامتكما.. أتعشم أن نكون قد وصلنا في الوقت المناسب.

غمغم (هشام):

- لقد فعلتم.

لم يضع البدوي وقتًا في نقاش أو حوار، وإنما أشار إلى الجنوب الغربي، وهو يقول:

- اتخذا هذا الطريق في خط مستقيم، ولن يقابلكما إسرائيلي واحد، وعندما تبلغان شاطئ القناة، ستجدان شقيقي هناك، مع زورق صغير، سيكفي لنقلكما إلى الضفة الغربية.. هيا.. أسرعا.

لم يكد يتم عبارته، حتى تراجع، وابتعد في سرعة، واختفى مع الآخرين بغتة كما ظهروا، فحدق (هشام) في الرمال في ذهول، لولا أن قال (طارق):

- ماذا تنتظر؟

انتفض (هشام)، كما لو كان يستقيظ من حلم طويل، ثم ابتسم في ارتباك، وغمغم:

- نعم.. ماذا أنتظر؟

ثم أدار محرّك السيارة مرة أخرى، وانطلق بها نحو الجنوب الغربي.. واستغرقت المسيرة هذه المرة نصف الساعة فقط، قبل أن يلوح شاطئ القناة، فهتف (هشام):

- لقد وصلنا يا صديقي.. ها هو ذا النجاح يلوح في الأفق.

كان شحوب (طارق) قد بلغ مبلغه، حتى ليخيل إليك أنه لولا بنيته القوية، لكان الآن في عداد الموتى، وهو يتمتم:

- لا تبع فراء الدب قبل صيده يا صديقي.

زاد (هشام) من سرعة السيارة، وانطلق بها نحو شاطئ القناة، بعد أن لمح البدوي هناك، يقف إلى جوار زورقه، وهتف:

- ها هو ذا زورق النجاة.

تمتم (طارق) في تهالك:

- وماذا عن هذا؟

التفت (هشام) إلى حيث يشير زميله، وهوى قلبه بين ضلوعه، فقد كانت هناك سيارتان من نوع (الجيب)، تحملان الشعار الإسرائيلي، تنطلقان نحوهما..

وهتف (هشام):

- لا.. ليس الآن.

كان يقترب من الزورق بسرعة، حتى أن البدوي لمحهما، وأدرك قصتهما من زيهما العسكري المصري، على الرغم من (الجيب) الإسرائيلية، فلوَّح لهما ببندقيته، يحثهما على الإسراع..

وعندما أصبحت (الجيب) على بعد مائة متر من الزورق، انتفضت فجأة، وارتجَّت في قوة، ثم توقفت..

وفي خيبة أمل بالغة، هتف (هشام):

- لقد نفد الوقود.

ألقى (طارق) نظرة متهالكة، على سيارتي (الجيب) الإسرائيليتن، اللذين تقتربان في سرعة، وهتف بصديقه:

- هيا يا (هشام).. لا تفسد ما صارعنا من أجله.. أهرب واتركني.

قال (هشام) في حزم:

- لقد صارعنا لنعود معًا.

وقفز خارج السيارة، وعاون صديقه على الهبوط، ثم قال:

- ضع يدك على كتفي يا (طارق)، وحاول أن تسير

صاح بهما البدوي:

- أسرعا..

راح (هشام) يدفع قدميه إلى الأمام دفعًا، و(طارق) يحاول معاونته، ولكن ساقه المصابة، وآلامه المبرحة، وضعفه الشديد كلها تمنعه من ذلك.

وبعزيمه خرافية، واصل (هشام) طريقه نحو الزورق، والبدوي يراقب السيارتين، اللتين تقتربان في سرعة، ويصرخ:

- أسرعا.. أسرعا.

ثم رفع بندقيته، وصوَّبها إلى سيارتي (الجيب)، وأطلق رصاصتين.. وأصابت رصاصتاه هدفها، في دقة يحسد عليها، وانفجرت إطارات السيارتين، فتوقفتا، وارتفع سباب ركابهما الساخط، في حين اندفع البدوي يعاون (هشام) على حمل رفيقه، وهو يقول:

- لقد نفدت ذخيرتي.. حمدًا لله أنني نجحت في إصابة الهدفين.

بلغ ثلاثتهم الزورق أخيرًا، وهتف (هشام) في سعادة:

- لقد نجحنا يا صديقي.. نجحنا.

عاون صديقه على الاستقرار داخل الزورق، في حين راح الإسرائيليون يطلقون رصاصتهم نحوهم في غيظ، وهتف البدوي:

- فلنسرع.. لن تطيش كل رصاصتهم.

قفز (هشام) داخل الزورق، وبدأ البدوي ينطلق به، والإسرائيليون يركضون نحوه، ويطلقون رصاصتهم، و(هشام) يصرخ:

- نجحنا يا (طارق).. نجحنا.

ثم دوت تلك الرصاصة اللعينة..

وجحظت عينا (هشام)..

وصرخ (طارق):

- (هشام)..

ترنح (هشام)، وارتسمت على شفتيه ابتسامة شاحبة، وهو يقول:

- كنت على حق يا صديقي.. لا تبع فراء الدب قبل صيده.. كيف لم أقرأ هذا المثل من قب....؟

هوى فجأة بين ذراعي صديقه، الذي صرخ:

- لا يا (هشام)...لا..

فتح (هشام) جفنيه في صعوبة، وغمغم:

- اطمئن يا صديقي.. لست أشعر بألم.. إنني على العكس أشعر بارتياح.. صدقني.. إنه ارتياح تام.. لقد سدَّدت ديني لك يا رفيق العمر.

صاح (طارق)، والدموع تملأ وجهه:

- أي دين يا صديقي؟.. أي دين؟.. انفض عن رأسك تلك الفكرة اللعينة.. اللعنة!.. اللعنة على كل الحروب!..

عادت تلك الابتسامة الباهتة إلى شفتي (هشام)، وهو يقول:

- لا تحزن يا صديق العمر.. إنني لست نادمًا على ما فعلت.. إنني أدفع حياتي عن طيب خاطر من أجلك.. هذا هو الثمن يا صديقي.. ثمن الصداقة.

وتراخى جسده بين ذراعي صديقه..

✿✿✿

مهلًا.. لا داعي لكل هذا الحزن..

ولا لكل هذه الدموع..

إن القصة لم تنته بعد..

لم تختم فصلها الأخير داخل زورق صغير، فوق مياة القناة..

بل في حجرة صغيرة، بالمستشفى العام في (الإسماعيلية)..

ففي هذه الحجرة فتح (هشام) عينيه، وتطلع في دهشة إلى وجه صديقه (طارق)، الذي ابتسم في ارتياح، وقال:

- حمدًا لله على سلامتك.

غمغم (هشام):

- عجبًا!!.. ألم أمت؟

أمسك (طارق) كف صديقه، وقال في سعادة:

- لا ياصديقي.. لقد هزمت إرادتك الموت.

سأله (هشام):

- هل نجونا؟

أومأ (طارق) برأسه إيجابًا، وقال:

- نعم يا بطل.. لقد نجونا.. أنت فعلتها يا صديقي.. أنت أنقذت حياتي.

ابستم (هشام)، قائلًا:

- كنت أنقذ صداقتنا يا أعز الأصدقاء.

ظهر الطبيب في هذه اللحظة، وابتسم في وجه (هشام)، وهو يقول:

- هل استعدت وعيك؟.. حمدًا لله على سلامتك.. لقد نجوت بأعجوبة، فقد اخترقت الرصاصة طحالك، ونزفت الكثير من الدماء، وكنت تحتاج إلى لتر من الدم على الأقل، وكنا نعاني من نقص في كميات الدم، و...

قاطعه (طارق):

- المهم أنه قد نجا.

تطلع إليه الطبيب في دهشة، وابتسم قائلًا:

- عجبًا!.. إنني لم أر صداقة كصداقتكما أبدًا.. أحدكما يتحدى الموت من أجل صديقه، والآخر يأتي شاحب الوجه، بساق مكسورة، ثم يصر على منح صديقه لترًا من دمه، مخاطرًا بعمره، مع كل قطرة منه.

ثم ربت على كتفيهما، واستطرد:

- أدام الله صداقتكما.

وتركهما منصرفًا، فهتف (هشام) بصديقه:

- كيف تفعل هذا؟.. ألا تدرك خطورة التبرع بدمك، وأنت تعاني....

استوقفه (طارق)، وهو يقول مبتسمًا:

- كنت أريد أن أدعم صداقتنا يا (هشام)... الآن يجري في عروقنا دم واحد.

هتف (هشام) معترضًا:

- ولكن لترًا كاملًا من دمك يعني..

قاطعه (طارق) مرة أخرى، وهو يشبك أصابعه، ويبتسم تلك الابتسامة، التي تحمل كل معاني الودّ والصداقة والمحبَّة، وهو يقول في خفوت:

- أنت قلتها يا صديقي.. إنه الثمن.

واتسعت ابتسامته، وهو يستطرد:

- ثمن الصداقة.

وسيم وكذاب

الفصل الأول

لم تكد طائرة (مصر للطيران) تقلع من مطار (هيثرو) بـ(لندن)، في طريقها إلى (القاهرة)، حتى تنفست (صفاء) الصعداء، وراحت تقطع ممر الطائرة الطويل، وهي ترسم على شفتيها ابتسامة تقليدية هادئة، سائلة ركاب الطائرة عما يطلبونه، قبل أن تذهب إلى مطبخ الطائرة، لإعداد مشروبات الرحلة..

كانت تلقي أسئلتها على نحو تقليدي، اعتادته في كل رحلة، وإن شعرت في ذلك اليوم بضجر شديد، وهي تمارس عملها المعتاد، الذي لم يتغير كثيرًا، طوال عامين قضتهما في الوظيفة نفسها، حتى لم تعد تحتمل الاستمرار..

ثم فجأة التقت عيناها بعينيه..

بل بابتسامته الساحرة..

كانت تنحنى لتلقي عليه سؤالها المعتاد، عندما تعلقت عيناها فجأة بأجمل ابتسامة رأتها، طوال سنوات عملها..

وعندما رفعت عينيها إليه، كشفت أن ابتسامته ليست سوى النذر اليسير، من وسامته المفرطة، وأناقته الشديدة..

وطوال ربع دقيقة، لم تنبس (صفاء) ببنت شفة، وهي تتطلع إليه في انبهار، عندما سألها في مرح واضح:

- ألن تلقي علي سؤالك الشهير؟

ايقظتها عبارته من انبهارها، فارتبكت وهي تقول:

- معذرة.. هل ترغب في..

قاطعتها بنفس المرح:

- قدح من الشاي، بقليل من السكر، ودون حلوى.

لاحظ ارتباكها الشديد، فأطلق ضحكة قصيرة، وهو يقول:

- إنني أقدر ضجرك من هذا العمل.

قالت بسرعة:

- لم أقصد أن..

قاطعها بإشارة من يده، وهو يميل نحوها، ويغمز بعينه، هامسًا:

- إنني أفهم، فنحن أصحاب مهنة واحدة.

اعتدلت هاتفة في دهشة:

- حقًا؟!

ابتسم وهو يلوح بكفه، قائلًا:

- إلى حد كبير، فأنا أمتلك مطعمًا صغيرًا في (الأسكندرية).

بادلته الابتسام، وهي تقول:

- إنها مهنة مشابهة بالفعل، ولكن عملنا هنا يمتد إلى محاولة منح كل وسائل الراحة والطمأنينة للركاب.

أومأ برأسه، وهو يبتسم قائلًا في تفهم:

- يمكنني إدراك هذا جيدًا.

اكتفت بهذا القدر من محادثته، وواصلت عملها، الذي لم يستغرق طويلًا هذه المرة، نظرًا لقلة الركاب في هذه الرحلة، حتى بلغت مطبخ الطائرة، وهناك استقبلتها زميلتها (سميرة) بابتسامة واسعة، وهي تغمز بعينيها، قائلة:

- هنيئًا لك.

سألتها في دهشة:

- على ماذا؟

مالت (سميرة) نحوها، وهمست:

- لقد رأيتك تتحدثين مع هذا الشاب.

قالت (صفاء) في ضيق:

- بل كان هو يتحدث إلي، وهي ليست أول مرة يحادثني فيها أحد ركاب الطائرة، فقد اعتدنا هذا.

قالت (سميرة) بابتسامة مرحة:

- ولكن هذا أكثرهم وسامة.

هزت (صفاء) كتفيها، دون أن تبدي اهتماما بالأمر، وحاولت الانهماك في إعداد المشروبات، التي طلبها الركاب، ولكن (سميرة) سألتها في اهتمام:

- ماذا كان يقول لك؟

أجابتها وهي تواصل عملها:

- كان يخبرني أننا أبناء مهنة شبه واحدة، وأنه يمتلك مطعمًا في (الإسكندرية).

عادت (سميرة) تغمز بعينيها، قائلة:

- إذن فهو ثري.

هتفت (صفاء):

- هذا لا يعنيني.

ضحكت (سميرة)، وهي تلوح بكفها، قائلة:

- حسنًا.. حسنًا.. لا داعي لكل هذا الغضب.. هيا.. سأعتذر عن فضولي بأسلوب عملي، وسأقدم أنا المشروبات للركاب.

لم تكن (صفاء) ترغب في هذا حقًا، ولكنها خشيت أن تتصور (سميرة) أنها تريد التحدث إلى ذلك الوسيم ثانية، فقالت:

- لا بأس.. افعلي.. إنني أحتاج بالفعل إلى شيء من الراحة.

جلست على أحد مقاعد المطبخ الصغير، وتركت زميلتها تدفع عربة المشروبات إلى الممر، وهي تشعر بشيء من الضيق.. وفي أعماقها، اعترفت بأنها كانت ترغب حقًا في الحديث مرة أخرى مع ذلك الشاب..

لم تدر أكان، هذا بسبب وسامته المتناهية، التي لم تشاهد مثيلًا لها من قبل، إلا على شاشات السينما، أم بسبب مرحه وخفة ظله..

ظلت تلقى على نفسها هذا السؤال، حتى عادت (سميرة)، واللهفة تملأ كل خلجة من خلجاتها، وأسرعت تغلق الباب خلفها، على نحو يوحي بأنها على وشك إلقاء سر ما، مما جعل (صفاء) تسألها:

ـ ماذا هناك؟

التفتت (سميرة) إليها، هاتفة:

ـ إنه وسيم للغاية بالفعل.

شعرت بالضيق لعبارة زميلتها، واعترفت لنفسها أنها تشعر بشيء من الغيرة، إلا أن (سميرة) استطردت في سرعة:

ـ ولقد سألني عنك.

وجدت نفسها تهتف في لهفة:

ـ حقًا؟!

شعرت بالخجل للهفتها، ولكن (سميرة) واصلت، دون أن يبدو عليها الانتباه لهذا:

ـ كنت أقدم له قدح الشاي، عندما سألني عنك، وعن سبب عدم تقديمك الشاي له بنفسك.

سألتها (صفاء):

ـ وبم أجبتيه؟

لوحت (سميرة) بكفها، وقالت ضاحكة:

ـ أخبرته أنك تشعرين ببعض التعب، وليتك رأيت جزعه حينذاك.

شعرت بالسعادة في أعماقها، وارتسمت على شفتيها ابتسامة كبيرة، دون أن تنبس ببنت شفة، في حين تابعت (سميرة) مبتسمة:

- أراد رؤيتك، والاطمئنان عليك، ولكنني أخبرته أنها مجرَّد وعكة بسيطة، ستتعافين منها سريعًا، فأرسل تحياته إليك.

ثم مالت نحوها، مستطردة في خبث:

- أيسعدك هذا؟

ضربتها (صفاء) على ظهرها في رفق، وهي تقول في حياء:

- يا لك من فضولية!

أطلقت (سميرة) ضحكة مرحة، ثم قالت:

- إنه وسيم بالفعل، ولكنه يمتلك أسوأ صفة في البشر.

سألتها (صفاء) في قلق:

- ما هي؟

أجابته (سميرة):

- الكذب.. إنه كذاب كبير.

لم يرق لـ(صفاء) أن تصف (سميرة) ذلك الوسيم بهذه الصفة، فقالت في ضيق:

- لم قلت هذا؟

أجابتها (سميرة):

- لأنه كذلك بالفعل.. لقد أخبرك أنه يمتلك مطعمًا في (الإسكندرية)، ولكنني سمعته يقول لجاره بالإنجليزية إنه تاجر تحف في وسط (القاهرة).

هتفت (صفاء) في دهشة:

- تاجر تحف.

أشارت (سميرة) إلى أذنها، قائلة:

- سمعته يقول هذا بنفسي.

تردّدت (صفاء)، وهي تقول:

- ربما كان يقصد شخصًا آخر.

أجابتها (سميرة) في إصرار:

- بل كان يقصد نفسه.. لقد سمعت الحديث جيدًا.

شعرت (صفاء) بالحيرة، وتساءلت عن السبب في هذا التعارض، ثم لم تلبث أن هتفت في ارتياح وثقة:

- نعم.. وماذا في هذا؟.. لقد قال: إنه يمتلك مطعمًا في (الإسكندرية)، ولم يقل: إنه يعمل فيه.. إنه يمتلك المطعم، ولكنه يعمل كتاجر تحف في (القاهرة).. لا يوجد أي تعارض بين هذا وذلك.

هزت (سميرة) كتفيها، وهي تقول:

- ربما.

ثم لم تلبث أن نسيت أمر ذلك الوسيم تمامًا، وانهمكت في الحديث حول أمور أخرى، تخص زميلاتها، والعمل بالشركة على نحو عام، ولكن (صفاء) لم تنجح في الاندماج معها هذه المرة، إذ كان ذهنها مشغولًا طيلة الوقت بذلك الشاب، الذي تجهل عنه حتى اسمه..

لم تدر لماذا انشغلت به إلى هذا الحد؟

إنها تعمل في الشركة منذ عامين، التقت خلالهما بالمئات من المسافرين، وبعشرات من نجوم السينما والشخصيات المرموقة، وكانت تؤدي عملها دائمًا في رصانة وهدوء، وترسم ابتسامتها العذبة على شفتيها، دون أن تبهرها شخصية المسافر، أو يروعها منصبه..

لماذا اهتمت بهذا الشاب إذن؟..

شيء ما في أعماقها كان يجيبها بأن هذا الشاب يختلف..

حتمًا يختلف..

إنها لا تدري سر هذا الاختلاف، ولكنها واثقة من أن وسامته ليست السبب الحقيقي، وإن كانت تفوق وسامة كل من رأتهم من قبل، ولكنها ليست بتلك السطحية، التي تجعل وسامة شاب هي السبب في اهتمامها به، من دون شخصيته وأسلوبه..

هناك شيء ما يجذبها إليه بالتأكيد..

شعرت فجأة برغبة قوية في رؤيته، فلم تحاول مقاومة هذه الرغبة، ونهضت قائلة:

- سأذهب لاستعادة الأكواب الفارغة.

ضحكت (سميرة) في خبث، وهي تقول:

- أهذا هو السبب الحقيقي؟

لم تبال كثيرًا بسخرية (سميرة) هذه المرة، واكتفت بهز كتفيها في لا مبالاة، وهي تخرج إلى الممر، دافعة أمامها العربة الفارغة..

ثم التقى حاجباها في توتر.

لم يكن الشاب يجلس في مقعده..

لقد غادر مكانه، وانتقل للجلوس إلى جوار حسناء بريطانية، تحمل حقيبة أدوات التصوير الخاصة بها، وأخذ يناقشها في حماس، بشأن أدوات التصوير، وهو يحمل آلة التصوير التي تملكها الفتاة، ويثبت بها عدسة طويلة، متغيرة البعد..

وشعرت (صفاء) بالضيق..

بل الغيرة..

لقد اعترفت لنفسها هذه المرة أنها تشعر بالغيرة، وهي تراه جالسًا إلى جوار تلك الحسناء البريطانية، التي تتطلع إليه في انبهار واضح، وتبتسم في سعادة غامرة..

كان من الواضح أن وسامته ومرحه قد جذبا الحسناء البريطانية أيضًا، وإن بدا من الواضح أيضًا أن اهتمامه بآلة التصوير يفوق اهتمامه بها، وهو يضع الآلة على عينيه، ويتطلع بالعدسة الكبيرة في اهتمام بالغ إلى رجل قوي الملامح، عريض المنكبين، كث الحاجبين، يجلس عند نهاية الممر، مسترخيًا في مقعده..

وانتقل بصر (صفاء)، على نحو غريزي، إلى ذلك الرجل، الذي يراقبه الشاب بعدسة آلة التصوير المقربة، وأدهشها ذلك التناقض الشديد، بين الشاب والرجل، فبقدر وسامة الأوَّل، كان الثاني غليظ

الملامح، صارم القسمات، وكان يبدو مستغرقًا في نوم عميق، غير منتبه إلى مراقبة الشاب له..

وفي حيرة سألت نفسها عن سر تلك المراقبة، إلا أنها لم تلبث أن أقنعت نفسها بأن الشاب إنما يختبر العدسة، وأيد قولها موقفه، عندما رفع عينيه عن آلة التصوير، وأعادها إلى البريطانية، قائلًا بالإنجليزية:

- عدسة رائعة يا سيدتي، والتغير بين بعديها مناسب للغاية، ولكن حدقتها المتوسطة الاتساع تجعلها أكثر صلاحية للهواة، منها إلى المحترفين.

سألته البريطانية بابتسامة واسعة:

- يبدو أنك تفهم الكثير عن العدسات.. أليس كذلك؟

أجابها في ثقة شديدة:

- بلى.. إنها مهنتي.

سمعت (صفاء) البريطانية تسأله في اهتمام:

- مهنتك؟!.. أأنت مهندس بصريات؟

أجابها بلا تردد:

- بل مصور.. مصوَّر محترف.

جاء الجواب بمثابة صدمة لـ(صفاء)، التي أدركت – في تلك اللحظة – أن (سميرة) كانت على حق..

هذا الشاب كذاب..

كذاب كبير..

واصلت طريقها وهي تشعر بالضيق، لأن الشاب لم يرق بوسامته إلى ذلك المستوى، الذي لا تقبل هي بأقل منه، في الشاب الذي تتطلع إلى الارتباط به، ولكنها لم تكد تعبر بالقرب منه، حتى هتف بها:

- (صفاء).. كيف حالك الآن؟

لاحظت ضيق البريطانية، وهو ينهض لتحيتها في حرارة، وأسعدها أن تجاهل هو هذا الضيق تمامًا، بل تجاهل البريطانية نفسها، وهو يتبع (صفاء) إلى حيث مقعده، مستطردًا:

- لقد قلقت بشأنك كثيرًا، عندما أخبرتني زميلتك بوعكتك.

غمغمت في ارتياح:

- كانت وعكة بسيطة، ولقد انتهت بحمد الله.

قال في حماس:

- حمدًا لله على سلامتك.

استقر في مقعده، وواصلت هي عملها، وقلبها يختلج في سعادة..

لقد ترك البريطانية من أجلها..

ترك كل شيء عندما رآها..

أثلج هذا قلبها كثيرًا، وشعرت بسعادة غامرة، وهي تواصل جمع الأقداح الفارغة، ثم قفلت عائدة بحملها، والتقت عيناها بابتسامته الساحرة مرة أخرى، في طريق عودتها، فارتبكت، وتخضب وجهها بحمرة الخجل، وتجاوزته في سرعة، ولم تكد تبلغ المطبخ، حتى سألتها (سميرة) في فضول:

- ماذا قال لك؟

أجابتها (صفاء)، وهي تتحاشى النظر إليها:

- لم يقل شيئًا.. سألني فقط عن تلك الوعكة الكاذبة.

ضحكت (سميرة)، قائلة:

- ألم تشعري بالامتنان لكذبتي عندئذ؟

لم تجب (صفاء)، وإن شعرت أن قول (سميرة) سليم تمامًا، فقد شعرت بالامتنان لها ولكذبتها بالفعل، عندما شاهدت تلك اللهفة الواضحة، في عيني الشاب..

لقد أسعدتها لهفته عليها سعادة غامرة..

أسعدتها بأكثر مما تصورت..

وفي حماس قالت (سميرة):

- لقد وقع في هواك.. فلتقطع ذراعي، لو لم يكن الأمر كذلك.

أرادت أن تهتف مؤيدة قولها، ولكن خجلها جعلها تشيح بوجهها، قائلة:

- أنت تبالغين كثيرًا.

هتفت (سميرة):

- هل تراهنين؟

ثم فتحت باب المطبخ قليلًا، وهي تردف في حماس:

- أراهن أنه ينتظر قدومك.

ألقت نظرة فضولية، عبر فرجة الباب، ثم غمغمت في قلق:

- ما هذا بالضبط؟

انتقل قلقها إلى (صفاء)، وهي تقول:

- ما هو هذا؟

مالت بدورها تختلس النظر إلى العمر، عبر فرجة الباب، ثم لم تلبث أن شعرت بالدهشة الحقيقية تسري في عروقها..

لم يكن الشاب ينتظر عودتها، كما تصوّرت (سميرة)، ولكن ذلك الرجل الغليظ الملامح، الذي يجلس في نهاية الممر، كان قد تخلى عن تظاهره بالنوم، وراح يراقب الشاب خلسة، في اهتمام بالغ..

وفي جانب سترة الرجل، رأت (صفاء) شيئًا جعلها ترتجف..

رأت مقبضًا..

مقبض مسدس.

✿✿✿

الفصل الثاني

"مسدس؟!.."

هتف قائد الطائرة بالكلمة في دهشة، قبل أن يضيف في توتر:

- مستحيل يا (صفاء)!.. أنت تعلمين أنهم يفحصون هذا جيدًا، عند ركوب الطائرة، فكل راكب يمر عبر بوابة خاصة، ينطلق منها جرس إنذار قوي، لو أن هذا الراكب يحمل أية أسلحة، أو حتى مواد معدنية أخرى.

أجابته (صفاء)، في توتر مماثل:

- أعلم هذا، ولكنني رأيت مقبض مسدس، خلف سترة ذلك الراكب.

تبادل قائد الطائرة نظرة قلقة مع مساعديه، ثم سألها:

- هل أبلغت (عبد الحميد)؟

هزت رأسها نفيًا، وهي تجيب:

- لا.. لقد فضلت إبلاغك أولًا، قبل إبلاغ مسئول الأمن.

قال في حزم:

- أبلغني مسئول الأمن إذن.. أبلغني (عبد الحميد).

أجابته في توتر:

- فليكن.

غادرت كابينة القيادة، وعبرت ممر الركاب، متجاوزه ذلك الراكب المنشود، وهتف بها الوسيم في مرح:

- كيف حالك يا (صفاء)؟.. أيسير كل شيء على ما يرام؟

أجابته مبتسمة في شحوب:

- نعم.. شكرًا لك.

واتجهت إلى آخر مقعد في الممر، حيث يجلس رجل ضخم الجثة، وهمست له في ارتباك:

- هناك راكب يحمل مسدسًا يا أستاذ (عبد الحميد).

انعقد حاجبا الرجل، وانقبضت عضلاته كلها، وهو يقول:

مسدس؟!.. وأين هذا الراكب؟

أشارت إلى الرجل، فنهض (عبد الحميد) من مقعده، واتجه إليه على الفور، وانحنى يتحدث إليه بضع لحظات، نهض بعدها الرجل، وتبع (عبد الحميد) إلى الحجرة صغيرة في نهاية الطائرة، أغلقها (عبد الحميد) خلفهما، و(صفاء) تتابعهما في توتر، حتى سمعت الوسيم يهتف بها:

- آنسة (صفاء).. لحظة لو سمحت.

ذهبت إلى حيث يجلس، وسألته:

- ماذا تطلب يا أستاذ..

أجابها في سرعة:

- (حاتم).. (حاتم بكري).. أخبريني.. ماذا وراء ذلك الرجل؟

لم تشأ إثارة الذعر داخل الطائرة، فقالت:

- إنه مجرد إجراء أمني بسيط.

سألها في اهتمام شديد:

- بسبب ماذا؟

وجدت نفسها تسأله فجأة:

- إنك تعرف هذا الرجل.. أليس كذلك؟

لم تكد تنطق الجملة حتى شعرت بالندم، وتمنت لو أنها لم تشر أبدًا إلى هذا الأمر، ولكن سبق السيف العزل.. لقد تلقى (حاتم) الجملة في دهشة، وهتف:

- أعرفه؟!.. من أعطاك هذه الفكرة؟

ارتبكت وهي تجيب:

- لم أقصد هذا بالضبط، ولكنني رأيته يراقبك في اهتمام، وتصوَّرت أنكما..

قاطعها هاتفًا:

- يراقبني؟!

مرة أخرى تمنت لو أنها لم تنطق بالعبارة، وقررت في أعماق نفسها كتمان ملاحظتها، عن مراقبته هو للرجل، ولكنه سألها في اهتمام أكثر:

- ولماذا يراقبني؟

أجابته في اضطراب:

- لست أدري.. لقد أبلغت الأمن فحسب.

لم تكد تتم عبارتها، حتى ظهر (عبد الحميد)، وأمامه الرجل، وتجاوز الرجل (صفاء) و(حاتم) في هدوء، دون أن تبدو عليه أية بادرة، تشير إلى معرفته للأخير، في حين قال (عبد الحميد) لـ(صفاء) في صوت عادي:

- إنه غير مسلح.

هتفت في دهشة:

- ولكنني..

بترت كلمتها على الفور، دون أن تضيف حرفًا واحدًا، وأدهشها أن يخبرها (عبد الحميد) بمثل هذا الأمر أمام (حاتم)، مخالفًا قواعد الأمن بالشركة، في حين قال (حاتم) في اهتمام بلغ ذروته:

- غير مسلح؟!

لوح (عبد الحميد) بكفه، وهو يمط شفتيه في لا مبالاة، قائلًا:

- لا تشغل نفسك بهذا الأمر يا سيدي.. لقد فحصته بنفسي، وقمت بتفتيشه على أكمل وجه.. اطمئن.

تضاعفت دهشة (صفاء)، وقررت أن تبلغ إدارة الأمن عن هذه التجاوزات الصريحة، عند هبوط الطائرة في (القاهرة)، في حين عاد (عبد الحميد) إلى مقعده في هدوء، وبدا (حاتم) قلقًا، إلى الحد الذي جعلها تقول في خفوت:

- قال لك: اطمئن.

رفع عينيه إليها لحظة، ثم قال في جدية شديدة:

- أيمكنني التحدث إليك لحظة؟

قالت في حذر:

- قل ما يحلو لك.

أجاب في صرامة:

- وحدنا.

ارتبكت في شدة، وتلفتت حولها في قلق، فكرر في حزم:

- من الضروري أن أفعل.

تطلعت إليه لحظة في حيرة، ثم قالت:

- فليكن.

نهض يتبعها إلى حجرة الأمن، في نهاية الطائرة، ولم يكد يغلق بابها خلفهما، حتى واجهها بجدية بالغة، وهو يقول:

- كنت على حق يا (صفاء).. هذا الرجل يعرفني.

لم تنبس ببنت شفة، حتى استطرد:

- بل ويمكنك القول إنه هنا من أجلي.

أطلقت شهقة دهشة، قبل أن تهتف في خفوت:

- من أجلك أنت؟!

أومأ برأسه إيجابًا، وقال:

- نعم يا (صفاء).. هذا الرجل لص محترف، وأنا تاجر مجوهرات معروف، وأحمل في حقيبتي الصغيرة عددًا من قطع الماس، يبلغ ثمنها مليون دولار على الأقل، وأنا واثق أنه هنا لسرقتها.

تطلعت إليه لحظة في دهشة بالغة، ثم هتفت فجأة:

- أظن هذا يكفي.

سألها في دهشة:

- ما هذا؟

صاحت في عصبية:

- أنت كذاب.. أكبر كذاب عرفته في حياتي كلها.. لقد أخبرتني أولًا أنك تمتلك مطعمًا في (الإسكندرية)، ثم سمعتك (سميرة) تقول لجارك أنك تاجر تحف في (القاهرة)، وسمعتك أنا تدعي أمام البريطانية الحسناء أنك مصور محترف، والآن تخبرني أنك تاجر مجوهرات.. ماذا تنوي أن تمتهن بعد قليل؟.. هل ستصبح شيخًا من (الأزهر الشريف)، أمام كاردينالا من (روما).

قال في توتر:

- (صفاء) صدقيني.. إنني..

قاطعته في حدة:

- لا.. لن أصدقك.

ثم انعقد حاجباها في شدة، وهي تضيف:

- إلا إذا..

سألها في لهفة:

- إلا إذا ماذا؟

أجابته في حزم:

- إلا إذا رأيت تلك الماسات المزعومة.

بدت الدهشة على وجهه، والتقى حاجباه في شدة، وهو يقول:

- (صفاء).. إنك بهذا الموقف..

قاطعته مرة أخرى في صرامة:

- الماسات أولًا.

كان من الواضح أنها لن تتراجع أبدًا عن إصرارها، مما جعله يطلق زفرة حارة، من أعمق أعماق قلبه، ثم يلقى ذراعيه إلى جواره، قائلًا:

- حسنًا يا (صفاء).. سأعترف.. لا توجد أية مساسات.

أصابها الجواب بصدمة، على الرغم من أنها كانت تتوقعه إلى حد كبير، فمطت شفتيها، هاتفة في غضب:

- كنت أعلم هذا.. كنت أعلم أنك أكبر كذاب في الدنيا، وأنه لا توجد أية ماسات.

قال محتجًا:

- هذا لا يعني أنني شخص سيئ.

هتفت في سخط:

- ما الذي يعنيه إذن؟

قال في توتر بالغ:

- أرجوك يا (صفاء).. صدقيني.. هناك بعض المهن، التي يتحتم على صاحبها أن ينتحل بعض الشخصيات الأخرى، ولكن هذا لا يعني أبدًا أنه شخص سيئ.

هتفت:

- بعض المهن؟!.. هل ستنتحل مهنة أخرى؟

تطلع إلى عينيها مباشرة، وهو يقول:

- لا يا (صفاء).. لن انتحل مهنة أخرى، ولكنني سأخبرك عن مهنتي الحقيقية، على الرغم من أنه ليس من المفروض أن أفعل.

قالت في حنق:

- وما مهنتك الحقيقية؟.. نصاب؟

أجابها في صرامة:

- بل ضابط يا (صفاء).. ضابط مخابرات.

حدّقت في وجهه بذهول، وهي تردّد:

- أنت؟!.. أنت ضابط مخابرات؟

أومأ برأسه إيجابًا، وقال:

- نعم يا (صفاء).. هذه هي الحقيقة، وأقسم على هذا.. أنا المقدم (أشرف صادق)، من المخابرات العامة المصرية، أما ذلك الرجل، فهو جاسوس دولي رهيب، وأنا أراقبه منذ شهر كامل، ولكن يبدو أنه قد أدرك هذا، وكشف حقيقة شخصيتي، وهذا يعني أن رجاله ينتظرون الآن في مطار (القاهرة)، وسيطلقون النار عليّ، فور خروجي من المطار.

هتفت في ارتياع:

- يا إلهي!

تابع في حزم:

- ولا يمكنني إلقاء القبض عليه داخل الطائرة، خشية أن يكون لديه شريك، يمكن أن يؤذي الركاب، لو حاولنا إلقاء القبض على الجاسوس.

سألته في خوف:

- ماذا يمكننا أن نفعل إذن؟

قال في صرامة:

- لا يوجد سوى حل واحد.

سألته في هلع:

- ما هو؟

أجاب وهو يتطلع إلى عينيها مباشرة:

- تأخير هبوط الطائرة في مطار (القاهرة).

اتسعت عيناها في دهشة، قبل أن تقول:

- ولكن هذا مستحيل.. هناك جدول للمواعيد، و..

قاطعها في حزم:

- لا يوجد حل آخر.

صمتت لحظات في توتر بالغ، ثم قالت:

على أية حال، لست أملك تنفيذ، أو حتى مناقشة هذا الأمر.. كل ما أملكه هو أن أصحبك إلى كابينة القيادة، لتقابل قائد الطائرة، وهو وحده يمكنه اتخاذ قرار في هذا الشأن.

قرنت قولها بالفعل، وصحبته إلى كابينة القيادة، حيث استمع إليه قائد الطائرة في دهشة، قبل أن يقول في حزم:

- مستحيل!.. لا يمكننا هذا أبدًا.

أجابه (أشرف):

- ولكن حياتي تتوقف على هذا الأمر أيها القائد، و..

قاطعه قائد الطائرة في صرامة تامة:

- مستحيل.. قلت لك مستحيل، ولن أناقش هذا الأمر قط.

فركت (صفاء) كفيها في عصبية، وهي تتساءل عما يمكن أن يفعله (أشرف)، حيال هذا الرفض، الذي يعرض حياته ومهمته للخطر..

ولكن (أشرف) أجاب تساؤلاتها في سرعة..

أجاب بأغرب جواب يمكن أن تتوقعه..

لقد قال لقائد الطائرة في هدوء شديد:

- إنك لم تترك لي الخيار إذن.

وبحركة سريعة، انتزع من طيات ثيابه مسدسًا، صوبه إلى قائد الطائرة، مستطردًا في صرامة مخيفة:

- ولم يعد أمامي سوى هذا.

وارتجفت (صفاء) في ذعر..

✿✿✿

الفصل الثالث

اتسعت عينا (صفاء) في ذعر، وهي تحدّق في المسدس، الذي يمسك به (أشرف)، وهتفت في ارتياع:

- ماذا تفعل؟

أجابها في هدوء، وهو يصوب مسدسه إلى رأس القائد:

- إنني أختطف الطائرة.

هتف مساعد الطيار، في مزيج من الدهشة والاستنكار:

- تختطفها؟!

وأطلقت (صفاء) شهقة أخرى، في حين زوى قائد الطائرة ما بين حاجبيه، وهو يقول:

- كيف أمكنك ركوب الطائرة، وأنت تحمل هذا المسدس؟

أجابه الشاب في انفعال:

- إنه مصنوع بالكامل من البلاستيك.. أحدث صيحة للأسلحة الخفيفة، المصنوعة خصيصًا بحيث لا تكشفها بوابات الأمن في المطارات، حتى رصاصاته من طراز خاص، من البلاستيك المقاوم لدرجات الحرارة المرتفعة.

مط قائد الطائرة شفتيه في ازدراء، وهو يقول:

- لعن الله المال، الذي يدفع إحدى الشركات إلى إنتاج مثل هذه الأشياء.

قال الشاب ساخرًا:

- دعك من هذه الفلسفة، واستدر بالطائرة.. ستعود إلى مطار (هيثرو).

أجابه الطيار في حزم:

- مستحيل.

وهتفت (صفاء):

- ألا تدرك ما تفعله؟!.. اختطاف الطائرات جريمة دولية.

أجابها في هدوء عجيب:

- بل أنتم الذين لا تدركون ما تفعولونه.. إنكم تطلبون مني التضحية بحياتي، من أجل الالتزام بجدول مواعيد سخيف.

قال الطيار:

- ليس لدي ما يثبت أن حياتك معرَّضة للخطر، بهبوطنا في (القاهرة).

أجابه الشاب:

وأنا لم أحاول إثبات هذا، وأنا أمرتك بالعودة إلى (لندن).

قال الطيَّار في لهجة شبة ساخرة:

- وهل ستَّطلق عليّ النار، لو لم أفعل؟

أجابه الشاب في صرامة:

- لن أتردّد في هذا، لو أنك اضطررتني إليه.

قال الطيار:

- ومن سيقود الطائرة؟

بدت لهجة الشاب تكتسب شيئًا من العصبية والتوتر، وهو يقول:

- فلتذهب الطائرة كلها إلى الجحيم، مادام هبوطها في (القاهرة) يعني موتي.

لم تصدق (صفاء) أذنيها..

إنه مستعد لقتل الجميع، دفاعًا عن حياته..

أم أنه يهدّد بذلك فحسب...

إنها لم تعد تستطيع التفرقة، بين الحقائق والأكاذيب في أقواله..

لم تعد تثق به..

أو بأي شئ..

لم تعد تدري حتى ماذا ينبغي أن تفعل..

أو هي – على وجه الدقة – لم تكن تملك ما تفعله..

ومع اضطرابها، سمعت الطيار يقول:

- هل تعلم خطورة إطلاق النار داخل طائرة؟

أجاب الشاب في عصبية:

- نعم.. أعلم.. طلقة واحدة طائشة قد تثقب جسم الطائرة، فيختل توازن الضغط داخلها، فيندفع الجميع خارجها، بقوة شفط هائلة، وقد ينقسم جسم الطائرة إلى نصفين، ولكن من أدراك أن رصاصاتي ستطيش.. تكفيني رصاصة واحدة، أنسف بها جمجمتك.

قال الطيارة في صرامة:

- المهم أن تجد الوقت لتفعل، فقوانين الأمن هنا تمنع أي شخص، مهما بلغ منصبه، من التواجد داخل كابينة القيادة، لأكثر من عشر دقائق، ولقد شارفت تجاوز هذه الدقائق العشر، وبعدها ستجد (عبد الحميد) هنا، وسيتحول المكان إلى ساحة قتال.

قال الشاب في حزم:

- يمكنني أن أغادر المكان.

ثم أضاف، وهو ينقل فوهة مسدسه إلى رأس (صفاء):

- ولكنني سأقتل هذه الفتاة بلا تردد، لو لم تعد إلى (هيثرو).

ارتجف جسد (صفاء)، واتسعت عيناها في هلع، وخفق قلبها في قوة، وكادت تسقط فاقدة الوعي، ولكنها فوجئت بالشاب يغمز بعينه، وكأنه يعلنها عن عدم جدية ما يقول، ويطالبها بمعاونته..

ولكن ذلك لم يبدّد عصبيتها وتوترها..

الموقف كله كان يثير مشاعرها إلى أقصى حد، وخاصة عندما قال الطيَّار في حزم:

- لا يمكننا العودة إلى مطار (هيثرو)، حتى لو أردنا هذا، فالوقود المتبقي لنا يكفي للعودة.. يمكننا فقط أن نهبط في أية دولة أخرى.

قال مساعد الطيار:

ما رأيك في الهبوط في مطار (الإسكندرية)؟

قال الشاب في حدة:

- لا تحاول خداعي.

وجذب إليه (صفاء)، وهو يهتف:

- قلت إنني سأقتل الفتاة.

وعلى الرغم من معرفتها أنه يفتعل هذا، وجدت نفسها تطلق صرخة رعب مكتومة، وهو يلصق فوهة مسدسه بصدغها، في حين قال الطيار في غضب:

- اقترح أنت مطارًا آخر في طريقنا.

صمت الشاب لحظة مفكرًا، ثم قال في حزم

- (مالطة).. اهبط في (مالطة).

قال الطيار في حدة:

حسنًا.. سنهبط في (مالطة)، ولكنني أحذرك للمرة الثانية.. ستثير شكوك (عبد الحميد)، لو لم تغادر الكابينة الآن.

قال الشاب، وهو يجذب (صفاء) معه:

- سأغادرها، ولكن ينبغي أن تعلم أنني لا أحتمل الخداع، وأن هذا المسدس ليس السلاح الوحيد الذي أحمله.

قالها وانتزع من حزامه قنبلة مستطيلة، وهو يستطرد:

- هي أيضًا مصنوعة من البلاستيك، وسأنسف بها الطائرة كلها، إذا ما حاولت خداعي.

ارتجفت (صفاء) في رعب أكثر، ولكنها لم تنبس ببنت شفة، حتى غادر الشاب معها كابينة القيادة، فهمست في هلع:

- إنك لا تقصد هذا بالفعل.

ابتسم وهو يقول:

- بالطبع لا.

ولكنه أضاف في صرامة:

- ولكن من حقي أن أدافع عن حياتي.

لم تناقش الفكره معه، ولكنها اقتنعت بها في أعماقها..

من حقه بالطبع أن يدافع عن حياته..

لقد أخبرها بما ينتظره، وأخبر به الطيَّار، وطلب منها معاونته على إنجاح مهمته..

ولكن الطيار رفض في تعنت..

ومن حقه – والحال هكذا – أن يدافع عن حياته بأية وسيلة..

وبكل وسيلة ممكنة..

لم يمنع هذا جسدها من الارتجاف، وهي تسير أمامه في ممر الركاب، حتى بعد أن أعاد هو مسدسه وقنبلته إلى حزامه، وألقت نظرة حذرة على (عبد الحميد)، ولكنها وجدته غارقًا في مقعده، مستغرقًا في نوم عميق، فشعرت بالحنق من هذا التراخي، الذي يتعامل به الرجل، على الرغم من أن مهنته هي الدفاع عن الطائرة، وملاحظة أية أفعال مريبة لأي من الركَّاب، فكيف يستغرق في النوم، ويترك الأمور تسير على هذا النحو..

وماذا لو أن (أشرف) مختطف طائرات بالفعل؟

لم يكد ذلك الخاطر يجول بذهنها، حتى ارتجفت في هلع..

ماذا لو أنه كذلك؟..

إنه أكبر كذاب عرفته، فلماذا تصدَّق قصته الآن؟

ولماذا لم يختطف الطائرة، وهو داخل كابينة القيادة؟..

وجدت في نفسها ميلًا لتصديق قصته، ورأت (سميرة) تلوَّح لها في خبث، أمام المطبخ، فأرغمت شفتيها على ابتسامة شاحبة، وسمعت الشاب من خلفها يهمس في مرح:

- إنها تتصورنا حبيبين.. أليس كذلك؟

غمغمت:

- إنها تبالغ دائمًا في كل الأمور.

قال في همس:

- ولماذا تبالغ؟.. أليست الحقيقة؟

ارتجف جسدها في قوة أكبر، وهي تستقبل كلمته..

- الحقيقة؟!..

أمن الممكن حقًا أن يقع هو، بوسامته وجرأته، في حبها هي؟..

هل يمكن أت تصبح زوجة رجل مخابرات؟..

يا للإثارة والغموض..

إنها ستتباهى بهذا بالفعل..

ستزهو به في كل مكان..

وفي كل مجتمع..

قطع انطلاقة أفكارها، وهو يهمس:

- (صفاء).. صحيح أننا نمر بمتاعب جسيمة، ولكن صدقيني.. سينتهي كل هذا بسلام، فور وصولنا إلى (مالطة)، وعندئذ سيمكنني الإفصاح لك عن مشاعري بكل صدق ووضوح، والتقدم لطلب يدك، و..

قاطعته صيحة هادرة، قبل أن يبلغ مقعده، انطلقت من خلفه كالقنبلة، وصاحبها يقول في صرامة شديدة:

- (صادق).

لم تدر (صفاء) من (صادق) هذا، ولكنها فوجئت بـ(أشرف) يلتفت في حركة حادة عنيفة إلى حيث وقف الرجل الغليظ الملامح، الذي أطلق الصيحة، وفوجئت أيضًا بـ(عبد الحميد) يستيقظ فجأة، ويمتلئ جسده بقدر هائل من النشاط والحيوية، وهو يغادر مقعده، ويندفع نحو الشاب، مستغلًا التفاتته نحو الرجل..

وأطلقت (صفاء) صرخة..

صرخة أثارت هرج وذعر ركاب الطائرة، وجعلت الشاب يستدير في سرعة إلى (عبد الحميد)، ثم ينتزع مسدسه في لمح البصر، ويطلق منه رصاصة مباشرة عليه.

أطلقها بلا تردد أو تفكير، ورأتها (صفاء) تخترق صدر (عبد الحميد)، على قيد سنتيمترات من موضع القلب، ورأت الدماء تتفجر من صدر (عبد الحميد)، وهو يسقط على وجهه، فأطلقت صرخة أخرى، شاركتها إياها راكبات الطائرة، في حين عاد الشاب يلتفت في سرعة وشراسة إلى الرجل الغليظ الملامح، ويصوّب إليه مسدسه، وهو يجذب (صفاء) إليه في قوة وخشونة، ليصنع منها درعًا بشريًا له..

وأطلقت (صفاء) صرخة رعب، في حين هتف غليظ الملامح في توتر:

- اهدأ.. اهدأ يا (صادق).. لن يمسسك أحد.

هتفت (صفاء) في ارتياع:

- (صادق)؟!.. من أنت بالضبط؟.. (حاتم)، أم (أشرف)، أم (صادق)؟

ضغط الشاب عنقها بساعده في قوة، وهو يقول في شراسة:

- اصمتي.

ارتجفت في رعب، وأطلقت (سميرة) شهقة فزع، في حين قال غليظ الملامح في توتر:

- إنه (صادق).. (صادق برهان).. وهو شاب طموح وشرير.. دفعه ذلك المزيج المخيف، من الشر والطموح، إلى التعاون مع أعداء وطنه، وخيانة هذا الوطن، مقابل بضع مئات الآلاف من الدولارات، لا تساوي أبدًا ما فعله.

اتسعت عينا (صفاء)، وهي تهتف في هلع:

- جاسوس؟!.. أهو جاسوس؟

شدد ضغط ساعده على عنقها أكثر، حتى كادت تختنق، وهو يهتف في شراسة غاضبة:

- قلت: اصمتي.

وقال غليظ الملامح:

- نعم.. إنه جاسوس.. بل واحد من أخطر الجواسيس، وأكثرهم ذكاء وشراسة، على الرغم من مظهره الوسيم الهادئ، وطبيعته المرحة، ونحن نراقبه منذ عام كامل، ونجحنا أخيرًا في دفعة لزيارة (القاهرة)، الفترة الماضية قضاها في (أوروبا)، محاولًا تجنيد أكبر عدد من شبابنا، للعمل لصالح العدو.. وكان يستغل حاجة الشباب المسافر إلى (أوروبا) للعمل، ليرمي شباكه حولهم.. ولقد أعددنا خطتنا للإيقاع به، وإلقاء القبض عليه، فور هبوط الطائرة في مطار(القاهرة)، ولكن يبدو أنه أدرك ما ننوي فعله به.

قال الشاب في حدة:

- هذا صحيح.. لقد لمحتك أكثر من مرة، تحوم حولي في (لندن) و(روما) و(باريس)، ووجودك على متن نفس الطائرة، التي أسافر عليها إلى (القاهرة)، بعد خمس سنوات كاملة، فجر شكوكي، التي حسمتها هذه المضيفة الغبية، عندما أبلغتني أنك تراقبني.

هتفت (صفاء) في مرارة:

- إذن فأنا السبب في كل هذا.

صاح أحد الركَّاب في هلع:

- نعم.. أنت المسئولة.. أنت الـ..

صرخ الشاب:

- اصمت.. اصمتوا جميعًا.

لاذ الركَّاب جميعهم بالصمت في رعب، وانكمشوا في مقاعدهم، في حين قال غليظ الملامح في صرامة:

- كل ما تفعله لن يفيدك بشيء يا (صادق).. لقد انكشف أمرك، ولم تعد هناك وسيلة للفرار.

هتف الشاب:

- هل تظن هذا؟.. أنت مخطئ إذن يا رجل.. لن أسلمكم عنقي بهذه البساطة.. لقد أجبرت الطيَّار على تحويل مسار الطائرة إلى (مالطة)، وهناك يمكنهم محاكمتي بتهمة اختطاف طائرة، وسأرسل في طلب محامي الخاص من (لندن)، وأطلب حق اللجوء السياسي رسميًا.. وربما أدانني القضاة هناك، وصدر حكم بسجني لعام أو عامين، ولكن هذا سيكون أفضل بكثير من حكم الإعدام، الذي يصدره ضدي قضاة المحكمة العسكرية بـ(القاهرة) حتمًا.

انعقد حاجبا الرجل الغليظ الملامح، وهو يقول:

- إنك لن تفلت من العقاب أبدًا.

هتف الشاب:

- سنرى.. سنرى من يربح هذه اللعبة.. لقد انكشف الأوراق كلها، ولن يضيرني أن..

بتر عبارته بغتة، عندما شعر بذلك الجسد الثقيل يتعلق به..

لقد زحف (عبد الحميد)، حتى بلغه، وحاول الإمساك به، على الرغم من إصابته، وكل ما فقده من دماء..

ولكن الشاب تحرَّك في سرعة، فدفع (صفاء) جانبًا، وهوى بالمسدس على عنق (عبد الحميد) في عنف، ولكن (عبد الحميد) تشبث بالمسدس، وانتزعه من قبضة الشاب، وهو يسقط أرضًا، واندفع غليظ الملامح، محاولًا الانقضاض على الشاب، وسط صرخات الهلع والفزع، ولكنه ارتطم بـ(صفاء)، التي دفعها الشاب في وجهه، ولم يكد يزيحها جانبًا، وهي تطلق بدورها صرخات الرعب، حتى فوجئ بالشاب وقد انتزع قنبلته البلاستيكية من حزامه، وصرخ:

حذار أن تحاول .. سأنسف الطائرة كلها لو فعلت.

انطلقت صرخات الركَّاب مرة أخرى، وتوقف غليظ الملامح في مكانه، وهو يهتف:

- لا.. لا تفعل.

نهضت (صفاء) من سقطتها، وهي تشعر بمرارة هائلة..

أهذا هو الشاب، الذي تصوّرته زوجًا لها؟..

أهذا هو الراكب الوحيد، في حياتها كلها، الذي استجابت لعباراته الجميلة، وكلماته الهامسة؟..

كيف انخدعت إلى هذا الحد؟!..

كيف صدَّقت أكبر كذاب عرفته؟..

تطلعت في اشمئزاز عجيب إلى ملامحه الوسيمة، التي اكتست في هذه اللحظة بشراسة عنيفة، وهو يقول:

- سأنتزع فتيل القنبلة، لو حاولتم إلقاء القبض عليّ مرة أخرى.

لوَّح غليظ الملامح بكفيه، هاتفًا:

- لن نحاول.. اهدأ.. لن نفعل.

انكمش الركَّاب في مقاعدهم أكثر، وتضاعف رعبهم وهلعهم، في حين نهضت (صفاء) واقفة، وهي تقول في مرارة:

- لقد خدعتني.

أجابها الشاب في شراسة:

- لم يكن ذلك عسيرًا.

تضاعفت المرارة في أعماقها لعبارته، في حين قال غليظ الملامح:

- إنه محترف في هذا المجال، فوسامته وخفة ظله، وأسلوبه في الإقناع، كانت كلها وسائل بارعة، استغلها للإيقاع بعدد من الضحايا.

قالت (صفاء) في ألم وهي تتحسس رقبتها:

- أيها الحقير.

صاح بها الشاب في غضب:

- اصمتي، وإلا قطعت لسانك هذا.

ثم أدار عينيه إلى الغليظ الملامح، مستطردًا في عصبية:

- وأنت.. أبعد يدك عن سترتك.

رفع الرجل ذراعيه، وقال:

- كنت سألتقط سيجارة فحسب.. إنني لست مسلحًا.

قال الشاب في عصبية:

- أعلم هذا.. سمعت ذلك الضخم يخبر تلك الغبية بهذا الأمر.

قال الرجل:

- هل يمكنني تدخين سيجارة واحدة إذن؟

تردّد الشاب لحظة، ثم قال في حدة:

- دعني أر يدك طيلة الوقت، والتقط تلك السيجارة بأبطأ حركة ممكنة.

مدّ الرجل يده داخل سترته في بطئ، وهو يقول:

- اطمئن.. سأطيع أوامرك تمامًا، و..

وفجأة انتزع الغليظ الملامح من تحت سترته مسدسًا، وصاح بـ(صفاء):

- ابتعدي.

رفع الشاب فتيل القنبلة إلى أسنانه في سرعة، صارخًا:

- أيها الـ..

ولكنه لم يكمل عبارته..

لقد أطلق غليظ الملامح ست رصاصات نحوه، في لحظة واحدة..

واخترقت رصاصاته كلها جسد الشاب ورأسه..

وانتزعته من مكانه..

نعم.. لقد انتزعته رصاصات المسدس من مكانه، وسط صرخات رعب هائلة، ودفعته عبر الجزء المتبقى من الممر في عنف، ليسقط تحت قدمي (سميرة) جثة هامدة، تفجّرت منها ينابيع الدم..

وأطلقت (سميرة) صرخة رعب طويلة..

أطلقتها وهي تحدق في الوجة الوسيم، الذي فقدت عيناه بريق الحياة، واتسعتا في دهشة ألم، في حين تعلقت بأسنانه حلقة صغيرة..

وكانت هذه الحلقة هي الفتيل..

فتيل القنبلة.

لقد وجد الوقت الكافي لينتزع الفتيل بأسنانه، قبل أن يلقى مصرعه..

ونقلت (سميرة) عينيها، من وجه الشاب إلى قبضته..

ورأت القنبلة تنفلت من يده، وتتدحرج إلى جواره..

وصرخت (سميرة)..

- القنبلة.

تفجرّت موجة من صرخات الهلع والفزع والرعب والارتياع، داخل الطائرة، في حين همس (عبد الحميد)، وهو يقاوم غيبوبة عميقة، كادت تستولى عليه:

- المرحاض.. المرحاض..

وسمعته (صفاء)..

سمعته وفهمت ما يعنيه..

وبسرعة، اندفعت (صفاء) نحو جثة الشاب، وانحنت تلتقط القنبلة، ثم اندفعت بها نحو دورة المياة، وألقتها داخل المرحاض، ثم ضغطت زر التفريغ المجاور له..

وانفتحت كوة التفريغ الخاصة..

وسقطت القنبلة..

سقطت تسبح في الهواء لحظات، والطائرة تبتعد عنها في سرعة..

ثم دوى الانفجار..

وانتهى الخطر..

✿✿✿

الفصل الرابع

لوَّح مدير الأمن بمطار (القاهرة) بذراعيه، وهو يهتف في ارتياح:

- كانت (صفاء) عظيمة بالفعل.. أنا أعلم منذ زمن أنها فتاة رائعة.. ستحصل على ترقية قريبة حتمًا.

تضرَّج وجه (صفاء) بحمرة الخجل، وقال غليظ الملامح، الذي قدم نفسه باسم المقدّم (عاطف شوقي):

- وكذلك (عبد الحميد).. لقد كان رائعًا في أدائه، فلقد طلب تفتيشي في حجرة الأمن، عندما أبلغته الآنسة (صفاء) عن رؤيتها للمسدس في جيبي، وفي حجرة الأمن أريته مسدسي المصنوع من البلاستيك، وقدمت له هويتي، وشرحت له مهمتي، فتظاهر بعدم تقديره لإجراءات الأمن، وشرح للآنسة (صفاء)، أمام ذلك الجاسوس، أنني غير مسلح، مما ساعدني على مباغته، وكذلك تظاهر بالنوم، عندما خرج الشاب من كابينه القيادة، ليمكنه مباغته.. إنه رجل أمن عظيم بالفعل.

غمغمت (صفاء) في ندم:

- وأنا ظلمته كثيرًا.. حمدًا لله أن إصابته ليست بالغة الخطورة، وأنه سيشفى بإذن الله..

ابتسم المقدّم (عاطف)، وقال:

- هذا يثبت نجاح عمله.

أما (سميرة)، فهتفت:

- كنت أعلم أن ذلك الشاب كذاب.. كنت أعلم هذا.

لوَّح (عاطف) بكفه، قائلًا:

- ولكن زميلتك صدقته.

قالت (صفاء) في حرج:

- لقد أقنعني بهذا، خاصة وأن ملامحك كانت توحي بـ..

لم تكمل عبارتها؛ لأنها شعرت أن العبارة تفتقر إلى كثير من اللياقة، في حين هتف (عاطف) في دهشة:

- ملامحي؟!.. وما شأن ملامحي بقصة كهذه؟

ضحكت (سميرة)، وقالت:

- لم تكن ملامحك وحدها هي السبب.

لم يفهم (عاطف) ما تعنيه، ولكن تضرج وجه (صفاء) بحمرة الخجل أنبأه بالأمر، فابتسم وقال:

- هذا يعلمكما درسًا جديدًا.

قالت (صفاء) بسرعة:

- أعرفه.

ثم أردفت في ضيق:

- ليس كل ما يلمع ذهبًا، ولا كل وسيم على حق فيما يقول، بل ربما كان الأكثر جمالًا هو الأكثر فتكًا، كما يحدث في عالم الحيوان والبنات.

وشرد بصرها، وهي تستطرد:

- تعلمت أن المظهر هو الكذاب الحقيقي.

وابتسمت مضيفة في حزم:

- أكبر كذاب.

✿✿✿